Morten Feldmann
Der perfekte Mann

SERIE PIPER

Zu diesem Buch

»Ich glaube, wenn sich Frauen ihren Ehemann aus einer Rippe schnitzen könnten, käme ich dabei heraus.« Sebastian Busch ist der perfekte Mann – von Frauen erzogen, vom Machotum angewidert und zur steten Arbeit an sich selbst entschlossen. Als Agent für Film- und Fernsehschauspieler widersteht er den Versuchungen der Branche und läßt sich überdies auf die Hochzeit mit einer B-Schauspielerin ein, von der er weiß, daß er ihr unterlegen ist. Doch ein Rest von Unbeherrschtheit regt sich in Buschs domestizierter Seele: Eifersucht. Lange versucht er, den lockeren Lebenswandel seiner Frau zu tolerieren und verständnisvoll zu sein. Doch als sie ihn in einem Kabarettprogramm verwurstet, ist sogar für den perfekten Mann die Grenze überschritten. »Schreiend komisch, oft allzu wahr und immer gut zu lesen. Ein herrliches Buch!« (Hamburger Abendblatt)

Morten Feldmann, geboren 1967 in Hannover, studierte Publizistik in Berlin und Köln. Er arbeitete in verschiedenen Jobs bei Film und Fernsehen, unter anderem als Ton-, Regie- und Redaktionsassistent. Neben Drehbüchern schrieb er Kurzprosa und arbeitete als Dialog- und Script-Doctor. Seit 2001 lebt er in der Nähe von Los Angeles. »Der perfekte Mann« ist sein erster Roman.

Morten Feldmann
Der perfekte Mann

Roman

Piper München Zürich

Mehr über unsere Autoren und Bücher:
www.piper.de

Ungekürzte Taschenbuchausgabe
Piper Verlag GmbH, München
1. Auflage Juni 2006
2. Auflage Februar 2008

Umschlaggestaltung: Cornelia Niere
Umschlagabbildung: Roland Werner
Satz: Frese, München
Druck und Bindung: Clausen & Bosse, Leck
Printed in Germany ISBN 978-3-492-26176-0

TEIL I

1 MEINE EHE

Meine Frau und ich sind nicht verheiratet. Wir haben den Zeitpunkt verpaßt. Wenn man lange zusammenlebt, kommt es einem irgendwann komisch vor, sich aufzuraffen und den Bund fürs Leben zu schließen, nachdem es gewissermaßen schon stattgefunden hat. Vielleicht wünscht sie sich das, wenigstens hat sie früher einmal mit dem Gedanken gespielt. Manchmal spiele ich auch damit, aber anscheinend nie zur selben Zeit. Wir sind nicht verheiratet.

Dabei bin ich der ideale Ehemann. Ich bringe genug Geld nach Hause. Ich trinke nicht, jedenfalls nicht viel. Ich ziehe auch nicht mit meinen Kumpels durch die Kneipen und stolpere im Morgengrauen orientierungslos durch unsere Wohnung. Ich habe gar keine Kumpels und gehe gern zeitig zu Bett. Ich bin ein Traummann.

Anders als viele andere Männer neige ich nicht zu Gewalt. Ich bin friedlich, sogar zu Hunden und Katzen. Die meisten Tiere ab Knöchelhöhe jagen mir Angst ein. Aber ich töte sämtliche Spinnen und Insekten im Haushalt, wenn meine Frau es verlangt. Mein sexueller Appetit hält sich in Grenzen. Ich respektiere Kopfschmerzen, Migräne und sonstige Unpäßlichkeiten. Ich bin selber oft müde. Wenn sie allein sein will oder sich durch mein Schnarchen gestört fühlt, schlafe ich auf dem Sofa.

Ich erwarte nicht viel und stelle keine großen Ansprüche. Vor allem nörgele ich nicht. Was meine Frau anzieht, gefällt mir fast immer. In Sachen Inneneinrichtung bin ich nicht eigen, und Ernährungsfragen spielen in meinem Leben keine besondere

Rolle, was soviel heißt wie, ich esse, was auf den Tisch kommt. Wenn meine Frau Diät macht, mache ich mit ihr Diät. Wenn sie eine Schlemmerphase hat, schlemme ich mit ihr. Und wenn sie mal wieder die Möbel umgestellt haben will, dann stelle ich sie um, ohne zu murren. Ich bin eigentlich kein Mann.

Ich bin ein guter Zuhörer, das sagt sie jedem, der es hören will, und es stimmt. Sie kann mir alles erzählen, ich unterbreche sie nicht. Ich merke mir die Namen ihrer Freundinnen, so gut es geht, und die ihrer Bekannten. Ich stelle interessierte Zwischenfragen, ohne von ihr zu verlangen, daß sie endlich zum Punkt kommt. Ich höre zu, aber ich mische mich nicht ein.

Wenn sie mit ihren Freundinnen telefoniert, nennt sie mich manchmal »pflegeleicht«, mit anderen Worten, sie kann mit mir machen, was sie will. Mir macht das nichts aus. Ihre Freundinnen beneiden sie um mich und sagen das auch. Wenn ich die ganze Clique zu nachtschlafender Zeit von einer Party abhole und ihre Freundinnen der Reihe nach zu Hause abliefere, sagt meine Frau, »du bist ein Schatz«. Das sagen alle. Und ich sage nur, »gern geschehen«.

Ob Sie es glauben oder nicht, ich bin treu. Es ist wirklich wahr, ich bin das leibhaftige Gegenbeispiel zu allem, was Sie je über Männer und Treue gehört haben, ich bin der erste durch und durch monogame Mann. Wenn ich onaniere, stelle ich mir meine Frau vor. Und zwar, seit wir uns kennen. Nennen Sie es einfallslos, meinetwegen, bezeichnen Sie es als genetischen Defekt. Aber mehr Treue geht nicht.

Ich bin das Produkt von Frauen. Schon als Kind habe ich mich angestrengt, um meiner Mutter zu gefallen. Sie war ziemlich kritisch und mochte mich, glaube ich, nicht besonders. Als Jugendlicher habe ich verzweifelt versucht, die Backfische in meiner Klasse zum Kichern zu bringen, und wenn sie dann endlich kicherten, wurde ich das Gefühl nicht los, daß sie mich auslachen.

Frauen im Plural sind immer ein Problem. Mit Frauen muß man allein sein. Meine besten Freunde waren Frauen. Und falls daraus zeitweise mehr als Freundschaft wurde, von meiner Seite aus, behielt ich es für mich.

Ich habe gelesen, daß Frauen in den ersten zehn Sekunden einer Begegnung entscheiden, ob sie mit einem Mann schlafen wollen. Das war bei mir offenbar nie der Fall. Ich habe jedesmal Wochen, wenn nicht gar Monate gebraucht, um eine Frau herumzukriegen. Seitdem ich mit meiner Frau zusammen bin, muß ich mir darüber keine Gedanken mehr machen. Gott sei Dank. Wenn ich mich nach irgend etwas nicht sehne, dann ist es, wieder auf die Pirsch zu gehen.

Die Freundinnen meiner Frau kommen manchmal zu mir, weil sie mein Einfühlungsvermögen schätzen. Sie wollen meine Meinung hören, vor allem, wenn sie Probleme mit ihren Männern haben. Ich verstehe sie. Ich verstehe ihre Art zu denken, ihre Wünsche und Ängste. Ihre Männer verstehe ich nicht.

Die meisten Frauen wollen einen verständnisvollen Mann, der mit ihnen spricht und auf sie eingeht. Sie mögen Männer mit Humor, die sie zum Lachen bringen, nicht zum Weinen. Nichts macht sie so wütend wie männliche Gleichgültigkeit, Kälte und mangelnde Rücksicht. Es ist ihnen wichtig, daß auch Männer Gefühle zeigen. All das ist mit etwas gutem Willen und ein bißchen Übung durchaus zu bewerkstelligen. Daran arbeite ich, seit ich denken kann.

Ich glaube, wenn sich Frauen ihren Ehemann aus einer Rippe schnitzen könnten, käme ich dabei heraus. Ich bin humor- und verständnisvoll, aufmerksam und nicht aus Holz. Ich bin genau der Mann, den meine Frau immer gewollt hat, sagt sie, und ich habe keinen Grund, daran zu zweifeln. Sie betrügt mich.

2 MEIN JOB

Ich bin Agent, was aufregender klingt, als es ist. Ich leite eine Künstleragentur für Film- und Fernsehschauspieler. Der Name wird Ihnen nichts sagen, hat aber innerhalb der Branche einen guten Klang: Maibach & Busch. Busch bin ich. Frau Maibach ist meine ehemalige Chefin und im Ruhestand. Wir sind seit über fünfzehn Jahren erfolgreich am Markt, haben so manchen TV-Boom mitgemacht und etliche Filmkrisen überstanden. Unsere Agentur ist etabliert und sattelfest. Wir vermitteln Schauspieler an alle großen Produzenten weltweit, was soviel heißt wie: vor allem in Deutschland, ab und zu in Europa und manchmal in den USA. Wir haben einen Subvertreter in L.A., der allerdings auch noch andere europäische Agenten subvertritt.

Ja, ich fahre einmal im Jahr nach Cannes. Nein, ich fliege nicht zur Oscar-Verleihung nach L.A. (dafür haben wir unseren Subvertreter). Ich bin regelmäßig bei den Filmfestspielen in Berlin und bekomme Einladungen zu Filmpremieren im gesamten deutschsprachigen Raum. Aber die meiste Zeit sitze ich vor meinem Computer im Büro und telefoniere wie jeder normale Mensch.

Mein Job ist es, Schauspieler an Produzenten zu vermitteln und deren Verträge auszuhandeln. Es gibt viele Schauspieler (allerdings wenige gute), und es gibt viele Produzenten (allerdings wenige seriöse), und ich sorge dafür, daß die richtigen Leute zusammenkommen. Dafür erhalte ich fünf bis fünfzehn Prozent Provision. Die Produzenten finden die Gagen, die ich fordere, immer überhöht. Die Schauspieler, die ich vertrete, finden sie meistens zu niedrig. Von daher sind alle unzufrieden, aber auf hohem Niveau. Ich muß selten richtig unangenehm werden, und wenn, dann nimmt es keiner persönlich. Spätestens beim nächsten Abschluß vertragen wir uns wieder.

Wenn ich meinen Job erwähne, denken die meisten Leute an die halbseidenen Künstleragenten in Hollywoodfilmen. Sie stellen sich vor, daß ich mich in Talentschuppen und Nachtclubs herumtreibe, um die Stars der Zukunft zu entdecken. Auf einer schäbigen Bühne, vor lauter Betrunkenen, müht sich ein junger Komiker, der genial ist, ohne es zu wissen, und der durch mich seine große Chance bekommt. Im Nachtprogramm tritt eine Stripperin auf mit einer Wahnsinnsstimme und dem Zeug zur Charakterdarstellerin. Doch wegen ihrer großen Brüste wird sie von allen verkannt, bis wie durch Zufall mein Agentenblick sie streift. Ich bin die graue Eminenz im Hintergrund. Mit einer dicken Havanna stehe ich etwas abseits am Tresen, nippe an einem Whisky-Soda und frage den Barkeeper in einem schicksalhaften Augenblick: »Hey, Jack, wer ist die Kleine?« Soweit mein Auftritt. Dann folgt die Traumkarriere meiner Klienten, und ich verschwinde in der Versenkung.

In Filmen mit einer tragischen Wendung trete ich gegen Ende noch einmal auf. Diesmal liegt meine Havanna im Aschenbecher, und in einem Wasserglas zischelt ein Alka Seltzer vor sich hin. Wir sind an dem Punkt, wo der Komiker nicht mehr komisch ist, weil er seine Wurzeln verraten hat, und die Charakterdarstellerin sich aufgrund ihrer Drogen- und Alkoholexzesse keinen Text mehr merken kann. Die abgehalfterten Publikumslieblinge sitzen bleich und zittrig auf einem unbequemen Stuhl vor meinem Schreibtisch und erzählen mir, wie verschuldet sie sind, warum ihre Ehe in die Brüche gegangen ist und weshalb sie unbedingt eine Rolle in dem nächsten Kassenknüller brauchen. Ich falte die Hände über dem Bauch und höre mit unbewegter Miene zu. Immer häufiger wandert mein Blick zu der Uhr an der Wand. Dann beuge ich mich langsam vor und sage mit routiniertem Bedauern: »Tut mir leid, Bill.« Oder: »Sorry, Bessie, aber im Moment kann ich nichts für dich tun.« Das war's. Mehr Text habe ich nicht. Es gibt keine Hollywoodfilme, in denen Künstleragenten die Hauptrolle spielen. (Seit meine Frau mich betrügt, bedeutet mir mein Job überhaupt nichts mehr.)

Agenten spielen immer die zweite Geige. Wir sind nur punktuell wichtig. Für einen kurzen Moment werden wir umschmeichelt und umgarnt, eingeladen und nach unserer Meinung gefragt, bis wir zum Telefonhörer greifen und die Konditionen aushandeln. Wenn die Sache erst einmal läuft, sind wir so uninteressant wie ein Pickel am Hintern. Hollywood hat ein Gespür für so etwas und blendet ab. Wir stehen im Schatten der Schatten der Stars. Wenn Sie Agent werden wollen, müssen Sie damit leben. Sie müssen sich daran gewöhnen, daß Sie nie der Star sind. Kein Mensch wird Sie auf der Straße erkennen. Im Gegenteil. Gewöhnen Sie sich daran, daß all Ihre Klienten auf der Straße erkannt werden, nur Sie nicht. So ist das zumindest, wenn Sie Ihren Job gut machen.

Natürlich werden Sie auf den Partys manchmal von Prominenten umringt sein (viel seltener als Sie denken), und viele Leute werden auf Sie einreden (weniger als Sie glauben), aber es geht nicht um Sie. Es geht um den Telefonhörer in Ihrer Hand und den Anruf, den man sich von Ihnen verspricht. Es geht um die richtige Nummer zum richtigen Zeitpunkt. Sie können helfen, einen Star zu machen, in gewisser Weise, aber Sie sind nicht der Star. Verwechseln Sie das nicht. Sie sind nur das kleine Helferlein.

Hier noch ein paar warnende Worte für all jene, die nach wie vor glauben, mein Job könnte etwas für sie sein: Ja, als Agent haben Sie mit Menschen zu tun, mit einem sehr speziellen Menschenschlag sogar. Nein, es ist an sich nicht schlimm, kein Star zu sein und auf der Straße unerkannt zu bleiben. Neunundneunzigkommaneun Prozent der Menschheit werden auf der Straße nicht erkannt. Aber wenn Sie Agent sind, gehören Sie zu den nullkommanulleins Prozent, die immer daneben stehen. Sie können mit Ihren Klienten kein Restaurant betreten, ohne daß sämtliche Gäste die Köpfe heben und anfangen, sich absonderlich zu verhalten. Während Sie Platz nehmen, hören Sie das Getuschel und Gekicher ringsum. Beim Essen spüren Sie die verstohlenen Blicke in Ihre Richtung und die Nackenstarre all jener, die partout woanders hinschauen. Aber Sie sind nicht gemeint. Sie sind nicht der Mittelpunkt, Sie sitzen nur direkt daneben. Die gebündelte Aufmerksamkeit, die Kriechströme von Neid und Begehren gehen haarscharf an Ihnen vorbei.

Möchten Sie auf meinem Stuhl einmal probesitzen? Würden Sie den Schönen und Erfolgreichen dieser Welt gerne zum Greifen nahe zu sein, Einblick haben in das Privatleben der Happy Few, die so prominent sind, daß sie fast gar kein Privatleben mehr haben, aber eine breite Öffentlichkeit, die sich dafür interessiert?

Als Agent haben Sie permanent mit Leuten zu tun, die nicht nur um ein Vielfaches reicher sind als Sie, sondern auch mehr bedeuten. Es sind Ausnahmemenschen. Und Sie müssen sich in deren Ausnahmedasein hineinversetzen (um die Schauspieler zu verstehen) und alles, was Sie darüber wissen, sofort wieder vergessen (um das Publikum zu begreifen). Das ist keine Gedankenspielerei, es gehört zu Ihrem Job. Wenn Sie ein Experte in Sachen Ausnahmemenschen sind, aber selber Null-acht-fünfzehn, dann besitzen Sie die idealen Voraussetzungen.

Nur, bitte, glauben Sie nicht, falls Sie noch immer Agent werden wollen, daß eine Spur von dem Ausnahmeglanz und -glamour auf Sie abstrahlt. Die einen stehen im Dunkel und die anderen stehen im Licht, das wußten Sie sicherlich schon. Doch als Agent müssen Sie wissen, es gibt nicht nur Licht und Dunkel auf dieser Welt. Es gibt verschiedene Abstufungen von Dunkel. Und der dunkelste Platz ist neben der Lampe. Merken Sie sich das, denn genau da sitzen Sie.

Das Schlimmste ist nicht, betrogen zu werden. Das Schlimmste ist zu wissen, daß Sie sich auch betrügen würden, wenn Sie die Möglichkeit dazu hätten.

Viele Leute reden über Stars, über deren private Tragödien, vermeintlichen Skandale und deren Diät. »Die xx hat aber ganz schön zugenommen!« »Der xy ist ja so alt geworden!« »Zz hat seine Krankheit wie durch ein Wunder überstanden!« Die meisten Stars sind nicht nur populär, sondern – was viel wichtiger ist – familiär. Sie haben einen festen Platz im täglichen Leben. Es sind Menschen wie Sie und ich. Zumindest hat es den Anschein.

Was den wenigsten Leuten allerdings klar ist, neunzig Prozent der Stars sind es zurecht. Es sind eben keine Menschen wie Sie und ich, auch wenn sie dafür bezahlt werden, diesen Anschein zu erwecken. Es sind Ausnahmen. Und selbst wenn ein Star sein ganzes Schauspielerleben lang nur Menschen wie Sie und ich spielen sollte, schafft er es im Unterschied zu Ihnen und mir, ein Mensch wie Sie und ich zu sein, für den man sich interessiert. Wenn Sie und ich dagegen vor der Kamera stehen würden, wäre ein Flop vorprogrammiert. Oder glauben Sie, daß es die breite Öffentlichkeit interessiert, ob Sie und ich zunehmen, alt werden oder irgendwelche Krankheiten überstehen?

Die meisten Stars – im Gegensatz zu Ihnen und mir – haben das gewisse Etwas. Einige Agenten sprechen von »idealen Projektionsflächen«. Sie meinen, es sei die Qualität von Stars, daß Millionen von Menschen ihre Gefühle und Gedanken in sie hineinprojizieren. Andere Agenten sprechen von »optimaler Durchlässigkeit und Transparenz«. Sie meinen, die Qualität von Stars bestehe darin, daß sie ihre Gefühle und Gedanken für das Publikum sichtbar machen können. Ich habe dazu keine Meinung, aber darauf kommt es auch nicht an. Denn egal, ob alles von außen hineinprojiziert oder von innen zum Vorschein gebracht wird, das Wichtigste an einem Star – das, was ihn zu einem echten Star macht – ist seine empathische Qualität. Man fühlt unweigerlich mit ihm! Was man von Menschen wie Ihnen und mir nicht behaupten kann.

Haben Sie sich schon einmal gefragt, wie Ihre Mitgefühlsquote aussieht und ob sie auch unter Null sinken kann? Als Agent fragen Sie sich das ständig.

Ein echter Star läßt sein Publikum teilhaben an Emotionen. Man kann sich ihm nicht entziehen. Er vermittelt seinen Zuschauern Gefühle, und dabei ist es völlig wurscht, ob es sich nun um wirkliche Gefühle handelt, die er aus seinem Innersten hervorgräbt, oder ob er nur mal sein Gesicht hinhält und in Wirklichkeit an seine Gage denkt. Man empfindet mit ihm, man kann einfach nicht anders. Und das ist es, was ich meine, wenn ich von einem Schauspieler sage, er hat das Zeug zu einem Star.

Ob er ein »guter« oder »schlechter« Schauspieler ist, spielt keine Rolle. Je länger ich im Geschäft bin, desto weniger weiß ich, was das überhaupt heißen soll. Sicher, es gibt Schauspieler mit einer großen Bandbreite und solche mit sehr engen Grenzen. Es gibt hervorragende Techniker, die virtuos ihre Register ziehen, und solche, die mit drei Gesichtsausdrücken und zwei verschiedenen Tonlagen einen ganzen Film bestreiten. Es gibt Verwandlungskünstler, die man von einer Rolle zur nächsten kaum wiedererkennt, und solche, die sich immer gleichen. Es gibt schnelle und langsame Schauspieler, Viel- und Wenigmacher, Fein- und Grobmotoriker, Körper- und Charakterspieler, Kopf- und Bauchartisten etc. Was daran »gut« oder »schlecht« sein soll, ist schwer zu sagen. Es ist auch nicht entscheidend. Einen Star erkennt jede Hausfrau, und wenn nicht, dann ist es kein Star. Von daher lautet die einzige Frage, auf die es im Endeffekt ankommt: Fühle ich mit ihm oder nicht? Man muß kein Genie sein, um das zu merken, im Gegenteil. Als Agent ist man gut beraten, wenn man in künstlerischen Fragen auf dem Teppich bleibt, denn am Ende zählt immer der Hausfrauentest.

Was macht Sie eigentlich so sicher, daß es für Sie keinen Grund zur Eifersucht gibt? a) Sie halten sich für einzigartig. b) Ihr Partner kann sich nichts Besseres vorstellen. c) Ihr Partner träumt zwar gelegentlich von anderen Liebschaften, würde aber nie etwas besseres als Sie bekommen.

Es ist ein weit verbreitetes Vorurteil, die heutigen Stars seien nur von den Medien gemacht. Das Gegenteil ist der Fall. Die eigentliche Medienlüge von heute lautet: »Jeder ist ein Star! Auch du! Heutzutage kann jeder ein Star sein!!!« – Das ist natürlich Unsinn. Wenn es keinen Unterschied zwischen Ihnen und einem Star geben würde, würden Sie sich nicht mit ihm identifizieren. Es bleibt ein Ausnahmemensch mit der besonderen Begabung, Emotionen zu vermitteln. Wenn Sie einen schlechten Tag haben, ist das Ihr Problem und Sie gehen allen damit auf die Nerven. Wenn ein Star einen schlechten Tag hat, fühlt die Fernsehnation mit ihm.

Die Stars von heute sind nicht normaler geworden, ihr Image hat sich nur weitgehend dem Otto-Normal-Verbraucher angenähert, weil Sie und ich es irgendwann satt hatten, tagtäglich mit Minderwertigkeitskomplexen vor dem Fernseher zu sitzen und sich von TV-Supermännern und Superfrauen ein hochinteressantes Leben vorgaukeln zu lassen, das wir nie haben werden. Inzwischen hat sich ein ganzer TV-Sektor darauf spezialisiert, größtmögliche Normalität herzustellen. In endlosen Serien und Soaps scheint sich unser Alltag zu spiegeln. Wir sehen Menschen mit Problemen, die wir wiedererkennen, wir teilen ihre kleinen Sorgen und flüchtigen Freuden, wir haben uns an sie gewöhnt und kennen unsere Fernseh-Nächsten längst besser als unsere wirklichen Nachbarn. Sie sind uns ans Herz gewachsen mit ihren sympathischen Macken und liebenswerten kleinen Fehlern, wodurch sie uns das Gefühl vermitteln, Menschen wie Sie und ich zu sein. Nur daß unsere Macken in Wirklichkeit alles andere als sympathisch sind und unsere Fehler in den seltensten Fällen liebenswert. Außer für Ihren Partner natürlich.

Mit Normalität hat das nichts zu tun, es ist nur ein anderes Format. Und es ist erfolgreich, nicht weil es der Wirklichkeit entspricht (oder auch nur nahekommt), sondern weil es uns das Gefühl gibt, unser Alltag sei interessant, unser Leben sei filmreif, und unsere kleinen, banalen Probleme verdienten etwas Aufmerksamkeit. Das glauben wir gerne, weil wir es glauben wollen. Und so ruft uns das Fernsehen Folge um Folge zu: »Jeder ist ein Star! Jedes Leben ist filmreif! Jedes Problem interessiert!« Das ist die Botschaft, und sie ist gelogen. Unser Alltag ist nach der Erfindung des Alltagsfernsehens noch genauso uninteressant wie vorher. Wir sind durch die Normalo-Stars, die unseren Feierabend umlagern, kein bißchen weniger egal geworden. Es wird uns nur etwas leichter gemacht, das zu vergessen.

Gehen Sie mit Ihrem Lieblingsstar einen Abend lang auf eine Party! Weichen Sie nicht von seiner Seite! Und kosten Sie es einmal so richtig aus, Luft zu sein! Niemand wird Augen für Sie haben. Niemand wird an Ihren Lippen hängen. Niemand wird am Ende überhaupt bemerken, daß Sie dagewesen sind. Wenn Sie sich Ihr ganzes Leben jetzt als diese Party vorstellen, dann haben Sie eine ungefähre Ahnung davon, wie es ist, Agent zu sein.

Lassen Sie sich nicht erzählen, daß Stars auch nur mit Wasser kochen. Stars kochen auch nur mit Wasser, aber wenn sie es tun, ist das jedesmal wieder eine Schlagzeile wert. Lassen Sie sich nicht weismachen, daß Stars auch ihre Probleme haben. Stars haben auch ihre Probleme, aber diese Probleme möchten Sie haben. Hören Sie nicht auf die Gutmenschen in den Illustrierten, die Sie am Ende von Stars & Stories damit trösten, daß es ja gar nicht unbedingt erstrebenswert ist, so reich und berühmt, so schön und bedeutend zu sein. Wenn es nichts Außergewöhnliches ist, warum berichten sie dann darüber? Und wenn es gar nicht so interessant ist, warum lesen Sie es überhaupt?

Natürlich werden Sie auf der ganzen Welt kein einziges Magazin finden, das Ihnen klipp und klar sagt, daß Sie zu langweilig sind, um darin vorzukommen. Und natürlich wird niemand Sie zwingen, auf Filmpartys zu gehen, um Ihnen vor Augen zu führen, daß Sie nicht einmal mit abgehalfterten C-Prominenten mithalten können. Das müssen Sie nicht wissen, und falls Sie es schon wußten, braucht man Sie nicht ständig daran zu erinnern, denn Sie haben nicht wirklich mit Stars zu tun. Sie haben hoffentlich einen normalen Beruf. Ich dagegen bin Agent. Und ich fürchte, das klingt noch immer aufregender, als es ist.

3 MEINE FRAU

Meine Frau ist, wie gesagt, nicht wirklich meine Frau. Sie ist Schauspielerin, allerdings keine besonders »gute«. In dem Fall weiß ich, wovon ich rede. Wir wohnen seit mehr als acht Jahren zusammen, wobei sie viel unterwegs ist, wenn sie dreht, und ich viel unterwegs bin, wenn es Filmpremieren zu feiern gibt. Trotzdem haben wir es geschafft, uns aneinander zu gewöhnen und so etwas wie einen gemeinsamen Alltag aufzubauen. Wir erwarten nicht zuviel voneinander und wissen, wann wir uns in Ruhe lassen müssen. Wir lieben uns.

In letzter Zeit dreht meine Frau weniger. Das hatte ich ihr prophezeit. Sie ist blond, keine echte Blondine, aber glaubhaft, und in der Kategorie weibliche Nebendarstellerin (genauer: Nebennebendarstellerin) gilt sie als sichere Bank. Fast könnte man sagen, zu sicher. Meine Frau erfüllt das Klischee so völlig, daß sie nicht weiter auffällt. (Sie sagt, sie spielt damit, doch dem Klischee entkommt man nicht.) Eine wie meine Frau ist eigentlich immer da: laut, lachend, lustig. Und am Ende erinnert man sich meist schon gar nicht mehr an sie.

Schauspielerinnen ihres Typs werden in fast allen Filmen gebraucht. Die Nachfrage ist also verhältnismäßig groß, das Angebot allerdings auch. Es gehört zu ihrem Rollenprofil, daß sie nicht zu ausgefallen, nicht zu »speziell« sein sollten, sondern eine sehr begreifliche Art von Frau. In den klassischen drei Besetzungskategorien »Herz«, »Hirn« und »Hose« bedienen sie eindeutig den »Hosen«-Aspekt. Das heißt aber auch, daß sie Herz und Hirn des Zuschauers nicht übermäßig beschäftigen dürfen. Sie werden in erster Linie als Augenfutter engagiert und sollten nicht allzusehr von der Haupthandlung ablenken. Meine Frau erfüllt diese Kriterien wie viele andere Schauspielerinnen auch. Sie alle wissen, daß sie sich keine Allüren leisten können, und machen anstandslos ihren Job.

Eine Zeitlang läuft die Sache. Meine Frau und ihre wasserstoffblonden Kolleginnen bringen es zwar selten auf mehr als zwei bis drei Drehtage pro Film. Aber zusammen mit ein paar Serienauftritten, Werbespots und diversen TV-Schnellschüssen kommen sie auf ihre vierzig bis fünfzig Drehtage im Jahr. Das reicht völlig. Und zwischendrin bleibt immer noch genügend Zeit, um etwas gegen das Älterwerden zu tun.

Der Episoden-Blondine geht es gut, solange sie kein Problem mit sich hat und ins Bild paßt. In Freiluftcafés, Cabrios, Boutiquen, Restaurants, Hotellobbys und Diskotheken gehört sie fest zum filmischen Gesichter-Inventar. Auf Stehpartys, Kongressen, Pferderennen, Betriebsausflügen, Taufen und Beerdigungen verkörpert sie das Leben oder was wir dafür halten und steht von Kopf bis Fuß für Sinnenfreude und Genuß. Ihr Auftritt ist ein sonnigseichtes Glücksversprechen. Ansonsten wird von ihr nicht mehr verlangt, als daß sie ein paar Vorurteile bestätigt und ihren spärlichen Text lächelt. Mit anderen Worten, es genügt, wenn sie ihre Haarfarbe spielt.

Es gibt im großen und ganzen zwei Arten von Filmblondinen. Die Naturblonden werden in der Regel naiv angelegt. Die Wasserstoffblonden haben dagegen noch eine leichte Schattierung im Ansatz und dürfen bei Gelegenheit einen verrucht-verluderten Charakterzug mitspielen, was zur Folge hat, daß sich viele echte Blondinen die Haare färben, um wie unechte Blondinen auszusehen. Meine Frau hat das nicht nötig. Sie ist eine echte unechte Blondine. Es macht mir nichts aus, sie mit anderen Männern auf der Leinwand zu sehen. Es macht mir nichts aus, daß ihr der Rest der Welt dabei zuschaut.

Meine Frau hat in Film und Fernsehen kein Problem, das sich nicht zwischen zwei Bettpfosten erschöpfend behandeln ließe. Sie hat gelernt, ihre Tiefe zu verbergen und ihren Humor zum Verschwinden zu bringen, wenn die Rolle es verlangt. Wie alle Haarfarbenspielerinnen verkörpert sie den Typ der zutiefst unkomplizierten Frau. Für die dramatischen Konflikte sind andere zuständig. Und solange sie es vermeiden kann, augenscheinlich über sich nachzudenken, nimmt man eine wie sie immer gern. Schwierig wird es nur, wenn sie und ihresgleichen anfangen, mit ihrem Leinwandlos unzufrieden zu sein. In dem Punkt ist die Film- und Fernsehbranche sehr sensibel. Identitätskrisen werden in den Besetzungsbüros meist schon registriert, bevor sie den Betroffenen bewußt sind. Da kann eine Schauspielerin beim Casting noch so sehr beteuern, daß sie sich in der Zweidimensionalität der Rolle wohl fühlt und auch für Nacktszenen zu haben ist – die Produzenten und Fließbandregisseure glauben ihr nicht mehr. Sie wissen, was die Stunde schlägt, sobald auch nur der Schatten eines Zweifels die sonnig-sein-sollenden Gesichter streift.

Eine Blondine mit einer problembeladenen Ausstrahlung hat es in der Branche schwerer als jeder andere Frauentyp. Rein biologisch wäre jetzt der Zeitpunkt für den Wechsel ins Charakterfach. Aber an dem Charakter einer Blondine sind die wenigsten interessiert. Im übrigen gehört es zu ihrer beruflichen Qualifikation, daß sie nicht älter als 35 ist und wie 25 aussieht. In der Kategorie blonde Nebennebendarstellerin haben nur deckungsgleiche Schauspielerinnen eine Chance. Natürlich könnte meine Frau jederzeit ihre Haarfarbe wechseln, aber dann wäre sie aller Wahrscheinlichkeit nach ganz aus dem Rennen. Von daher bleibt ihr und ihren Kolleginnen nichts anderes übrig, als kosmetisch so gut wie möglich nachzurüsten und ihre Haare noch ein bißchen aufzuhellen.

Meine Frau ist mit Sicherheit keine begnadete Schauspielerin, aber sie ist eine echte Kantinenentdeckung. Unsere erste Begegnung wird mir immer in Erinnerung bleiben. Ich sah sie beim Bier in einem nikotin-vernebelten Gewölbe, ich hörte ihre Stimme zwischen dem .Gegacker ihrer Kolleginnen und klapperndem Geschirr. Und ich wußte, die ist es. Ich wußte es einfach. Ich wollte mir eigentlich nur einen Kaffee in der Kantine holen. Doch ich fand meine Frau.

Es geschah am Rande eines Gruppencastings, das ich für einen befreundeten Produzenten mit abnahm. Damals war ich noch verhältnismäßig neu bei Maibach Artists. Den Doppelnamen unserer Agentur und das geräumigste Büro im Hause mußte ich mir erst noch verdienen.

Wir suchten ein paar gehobene Kleindarstellerinnen für einen BDM-Troß im Gefolge von Eva Braun – der Film kam später, soweit ich weiß, gar nicht erst in die Kinos, sondern verpuffte zu einer zuschauerunschädlichen Zeit in irgendeinem dritten Programm. Wir hatten den ganzen Vormittag lang Reihen von mäßig talentierten Kandidatinnen durchgewunken, ohne so richtig fündig zu werden. Die Krux bestand darin, daß sie freistehend vor einem hoch auflodernden Feuer ein Treuegelöbnis ablegen mußten. Doch offenbar fühlten sich die meisten Schauspielerinnen überfordert, gleichzeitig in die Flammen zu starren und ihren Text zu sagen. Ich hatte die Hoffnung schon aufgegeben.

Normalerweise gehe ich nicht in Kantinen. Nicht nur, weil der Kaffee dort in aller Regel scheußlich schmeckt. Kantinen sind für einen Agenten bei Probeaufnahmen und Castings kein guter Ort. Wenn er an den Tresen tritt, verstummen die Gespräche und das Gelächter verkleckert. Schließlich gehört der Agent in undurchschaubarer Weise zu denen, die am Ende die Entscheidungen treffen. Zumindest redet er irgendwie mit. Insofern hat er Macht, meint die Kantine.

Es ist ein bißchen wie in der Schule, wenn Lehrers Liebling auf den Pausenhof kommt und sich plötzlich zu den anderen in die Raucherecke stellt. Keiner spricht mit ihm, doch hinter seinem Rücken wird getuschelt und gefeixt. Die Raucherreckensteher und Kantinengänger lassen einen gerne spüren, daß dies ihr Revier ist. Hier beginnt das wirkliche Leben, und jenseits dieser Grenze gelten andere Gesetze als im Klassenzimmer oder auf dem Schoß des Produzenten.

Trotzdem holte ich mir an jenem Tag einen scheußlich schmeckenden Kaffee in der Kantine. Vielleicht war das Schicksal, vielleicht auch nur ein Fehler. In jedem Fall muß ich ziemlich müde gewesen sein.

Manchmal bilde ich mir auf meinen Blick für Schauspieler und Gesichter etwas ein, doch man mußte wahrlich kein Agent sein, um meine Frau in der Kantine zu entdecken. Sie thronte am Kopf eines ovalen Biertisches und brachte die ganze Runde zum Lachen. Sie war blond, sie war lustig und laut, sie war der Mittelpunkt. Das sah nicht nur ich so, das sahen alle.

Ich stellte mich an den Tresen. Für einen Moment schien es, als würde sie innehalten und zu mir herüberschauen – sie imitierte gerade jemanden aus der Crew, einen in die Jahre gekommenen Regieassistenten mit Alkoholproblemen und Schüben von Legasthenie. Unsere Blicke trafen sich kurz, doch anstatt aufzuhören oder die Stimme auf Rauchereckenniveau zu senken, machte sie mit ihrer Nummer einfach weiter. Sie war gut. Sie war wirklich komisch. Und sie hatte keine Angst von mir.

Ich balancierte meinen milchgrauen Kaffee zu einem unbesetzten Tisch in der Ecke und starrte auf die Lache in meiner Untertasse, während ich die bittere, durch etliche Stunden auf der Wärmeplatte entaromatisierte Brühe in mich hinein schlürfte. Dabei gab ich mich so apathisch und desinteressiert, wie ich normalerweise war, doch in Wirklichkeit hatte ich nur Augen und

Ohren für sie. Meine Frau steuerte auf eine ziemlich schlüpfrige Pointe zu und wackelte kurz mit den Brüsten, um das Klischee spielen zu lassen – schallendes Gelächter. Ein Techniker pfiff zwischen den Zähnen. Sie war wahrhaftig kein Kind von Traurigkeit. Aber auf ihre Art sorgte sie dafür, daß die Raucherecke mich in Ruhe ließ. Niemand beachtete mich. Alle sahen und hörten nur meine Frau.

Ich Idiot! Warum mußte ich mich ausgerechnet in meine Frau verlieben? Ich wußte auf Anhieb, daß ich ihr nie genügen würde, ich wußte, daß unsere Zukunft – wenn überhaupt – ein lebenslanger Kampf gegen die Eifersucht werden würde. Aber es gab kein Zurück mehr, ich war in ihre Überlegenheit vernarrt!

Dabei hätte es durchaus Alternativen gegeben: Frauen, die mich bewunderten (zumindest am Anfang), die zu mir aufschauten (bis sie mich näher kennenlernten), und solche, die gut zu mir paßten, weil sie noch langweiliger waren als ich. Das Leben hätte so einfach sein können. Es gab genügend ahnungslose Praktikantinnen, die sich vom Fleck weg hätten heiraten und schwängern lassen, ohne dahinterzukommen, daß ich keineswegs der weltläufige Drahtzieher hinter den Filmkulissen war. Es gab genügend Kleiderständer-Schönheiten im Vorzimmer, die sich damit begnügt hätten, mein Geld auszugeben und besser angezogen zu sein als ihre Freundinnen. Aber nein, ich mußte mich zu meinen Ungunsten verlieben. Immer liebe ich zu meinem Nachteil.

Manchmal beschleicht mich der Verdacht, daß sogar mein Geschmack in Sachen Frauen von Frauen bestimmt ist. Jedenfalls fand ich zeit meines Liebeslebens ausschließlich Frauen gut, die von anderen Frauen gut gefunden wurden: starke, energische Persönlichkeiten, die in allen Lebenslagen ihren Mann standen. Unabhängige, selbständige Frauen, die keine Beschützer oder Versorger brauchten und ohne weiteres auf mich verzichten konnten.

Es hätte mich stutzig machen müssen, daß ich die meisten Komplimente in meinem an Komplimenten nicht gerade reichen Leben für meine Frau bekommen habe. Andere Frauen loben fast einhellig meinen »guten Geschmack«. Wenn ich dann nachfrage, was das heißen soll, klopfen sie mir meistens auf die Schulter und sagen Dinge wie: »Kopf hoch!« oder: »Keine Angst vor starken Frauen!« So gut mein Geschmack aus weiblicher Sicht auch sein mag, in jedem Fall ist er schlecht für mich.

Beim nächsten Kompliment für meine Frau werde ich einfach die Wahrheit sagen: »Eine uninteressante, weniger aufregende Frau hätte es auch getan!«

All das habe ich damals in der Kantine vielleicht nicht ganz so deutlich vor Augen gehabt, aber geahnt. Dann kam der Assistent mit der alkoholbedingten Lese- und Rechtschreibschwäche und sorgte für einen Wiedererkennungslacher, indem er die Namen der nächsten Kandidatinnen mehr schlecht als recht buchstabierte. Die große Runde löste sich auf, das Casting ging weiter. Umständlich erhob ich mich von meinem Platz und brachte mit gespielter Gewissenhaftigkeit meine leere Tasse zurück, um meine Frau am Tresen abzupassen. Ich weiß selbst nicht, woher ich den Mut nahm. Aber ich war felsenfest davon überzeugt, daß sie mit ihrer Präsenz den BDM-Troß ganz alleine spielen könnte. Also fragte ich wie nebenbei: »Und? Wann sind Sie an der Reihe?«

Etwas Dämlicheres hätte ich nicht sagen können. Natürlich war sie Schauspielerin genug, um ein höfliches Lächeln zustande zu bringen, doch ihre Antwort lautete: »Ich war schon.«

Das kam einem Todesurteil gleich.

Ich wollte es zunächst nicht glauben und durchforstete fieberhaft meine Unterlagen, während das Casting seinen Lauf nahm. Möglicherweise hatte sie sich einen kleinen Scherz erlaubt oder ich war, ohne es zu merken, eingenickt und hatte sie verpaßt. Doch in meinem Kommt-nicht-in-Frage-Haufen fand ich ihren

Bewerbungsbogen mit Namen, Foto, Lebenslauf, und gleich daneben stand in meiner flüchtigen, unleserlichen Handschrift nur ein einziges Wort: »krampfig!« Kein Zweifel, das hatte unverkennbar ich geschrieben. Mit viel gutem Willen hätte es vielleicht gerade noch »schlampig!« heißen können. Doch der erste Buchstabe war eindeutig ein »k«, und »klampig!« ergab keinen Sinn.

Meine Frau hatte recht. Unsere erste Begegnung in der Kantine war keineswegs unsere erste Begegnung, und die Liebe auf den ersten Blick, die ich für sie empfand, war vielleicht Liebe, aber mitnichten auf den ersten Blick. Keine anderthalb Stunden vorher hatte ich meine Frau auf der Bühne gesehen und gelangweilt abgewunken.

Zu meiner Verteidigung muß ich sagen, daß meine Frau eine ausgesprochene Kantinenschauspielerin ist. In den Pausen am Biertisch kann sie ohne weiteres genial sein, auf der Bühne oder vor der Kamera nicht. Ihre natürliche Ausstrahlung ist mit einem Mal futsch. Humor und Schlagfertigkeit fehlen drehbuchbedingt. Aber auch das Selbstbewußtsein und die aufreizende Sicherheit, mit der sie sich durchs Leben bewegt, sind auf keiner Probeaufnahme zu erkennen. Sobald meine Frau am Set ist, schiebt sich eine gläserne Wand zwischen sie und den Rest der Welt. Sogar ihr mit Händen zu greifender Sexappeal wirkt plötzlich leblos und reduziert sich auf die üblichen Schlüsselreize. Vor der Kamera geht sie gerade so als brauchbare Blondine durch, aber von ihrer Klugheit und ihrem Witz ist nicht mehr viel zu spüren. Erst nach Drehschluß spielt sie richtig auf. Beim Catering übertrifft sie nicht nur alle Kollegen, sie ist nicht wiederzuerkennen.

Das meine ich, wenn ich sage, meine Frau ist keine gute Schauspielerin, jedenfalls nicht vor der Kamera, sie spielt besser im Leben. Ich sage das ganz ohne Häme. Denn, offen gestanden, umgekehrt wäre es mir lieber.

Meine Frau bekam die Rolle nicht. Natürlich hätte ich ein gutes Wort für sie einlegen können, um sie dem Produzenten als blondgezopftes BDM-Mädel in der zweiten Reihe anzudienen. Aber das ist nicht mein Stil. Ich bin in unserer Branche einer der wenigen Verfechter des Grundsatzes, daß Beruf und Privatleben strikt voneinander zu trennen sind (was mir nicht sonderlich schwer fällt, denn privat ist mit mir wenig los). Eine Schauspielerin kann mir gegenüber noch soviel Charme versprühen, sie kann mich nach allen Regeln der Kunst umschmeicheln und umgarnen (was nicht allzu häufig vorkommt), sie kann sich in den raffiniertesten Posen vor mir räkeln, lümmeln, winden, ich schaue mir das an und bin manchmal durchaus beeindruckt. Aber ich würde sie nie für eine Rolle vorschlagen, für die sie nicht hundertprozentig geeignet ist. In diesem Punkt bin ich Pedant (ich mußte es allerdings erst ein paar Mal sein, den Rest erledigt offenbar mein Ruf). Ich bin, wenn man so möchte, unbestechlich. Gar nicht mal aus moralischen Gründen. Es ist einfach zu offensichtlich, was eine solche Schauspielerin will – Dienstleistung gegen Dienstleistung –, und es ist leider auch sehr offensichtlich, was sie nicht will: mich. Schauspielerinnen wollen von Agenten immer nur das eine: Rollen.

Meine spröde Haltung in dieser Frage ist unter Kollegen sprichwörtlich. Einige nennen mich den »Mann ohne Unterleib«, andere gehen noch mehr ins Detail und bezeichnen mich in meiner Abwesenheit als »den Schwanzlosen« (sie sorgen natürlich dafür, daß es mir trotzdem zu Ohren kommt). Die meisten mögen mich nicht. Sie meinen, ich sei nur darauf aus, ihnen mit meiner Einstellung eine der letzten angenehmen Seiten des Agentenberufs zu vermiesen (nennen wir sie »Unzucht mit Abhängigen«). Das liegt mir selbstverständlich fern.

Vielleicht sind mir im Laufe meines Agentenlebens mehr Quickies und Blowjobs entgangen, als ich mir von meinen Provisionen leisten kann. Vielleicht habe ich auch – wie manche Kollegen spotten – einfach noch nicht die Richtigen gefunden, Schauspielerinnen, die es einem dermaßen besorgen, daß man sie zumindest in dieser Hinsicht guten Gewissens weiterempfehlen kann. Ich weiß es nicht, aber ich will es auch nicht wissen. Ich bin in dem Bewußtsein aufgewachsen und erzogen worden, daß die Würde der Frau unantastbar ist, und damit auch die Würde der Schauspielerin, selbst wenn sie es mit ihrer eigenen Unantastbarkeit nicht so genau nimmt.

Meine mönchische Art der Berufsausübung hat allerdings große Vorteile. Sie ist eindeutig und unkompliziert. Sie verhindert die Ansammlung von Karteileichen und penetranten Verflossenen im Klientenregister der Agentur. Sie schafft Glaubwürdigkeit und Vertrauen bei Regisseuren und Produzenten. Und sie sorgt für einen guten, seriösen Namen in der Branche, auch wenn man auffallend selten zum Abendessen eingeladen wird.

Besonders meine Chefin war von meiner Enthaltsamkeit entzückt. Frau Maibachs wohlwollendes Auge ruhte auf all meinem Tun. Die große alte Dame des Showgeschäfts, die ihrerseits auf eine schillernde Jugend als Revuegirl und eine bewegte Geschichte als Muse mehrerer Nachkriegsregisseure zurückblicken konnte, hatte schon viele junge Agenten kommen und gehen sehen. Mir schenkte sie ihr Vertrauen und bestätigte damit eine der wenigen positiven Eigenschaften, die ich als von Frauen gemachter Mann meinen Geschlechtsrivalen voraushabe: Ich bin absolut vertrauenswürdig, in beruflicher wie sexueller Hinsicht, ich bin bis in die Testikel treu, und Frauen spüren das. Sie verbuchen es instinktsicher und mit matriarchaler Befriedigung als den größten Männererziehungserfolg in der Geschichte des Geschlechterkampfs. Auch wenn sie es im Grunde ihres Herzens wenig aufregend finden.

Frau Maibach kannte das Geschäft, und sie kannte die Männer. Sie war im Laufe ihres Agentenlebens überhaupt nur einmal schwach geworden: bei einem schmierigen, in die Jahre gekommenen C-Schauspieler, der dank einer Sektlaune mehrerer Jungregisseure Anfang der Neunziger ein kurzes Revival erlebte und fünf Monate nach seiner Heirat mit Frau Maibach an Herzversagen starb. Für ihn kam das alles sehr überraschend, doch sie schien genau zu wissen, was sie tat. Sie hatte nicht einmal seinen Namen angenommen.

Die Signale, die meine Chefin mir gab, waren unmißverständlich. Ich wurde bald zu ihrer rechten Hand. Ohne große Worte oder feierliche Gesten stand zwischen uns fest, daß ich sie einmal beerben würde. Ich habe nicht mit ihr geschlafen, allen Gerüchten zum Trotz. Wir hatten selbstverständlich kein »Verhältnis«, außer daß wir gut und gerne zusammenarbeiteten. Gerade meine Anständigkeit war der entscheidende Pluspunkt. Ich war, wie es so schön heißt, anders als andere Männer. Nicht andersherum, sondern wirklich anders. Sämtliche Frauen in der Agentur (außerhalb gab es für mich keine) fühlten sich von mir ernst genommen und respektvoll behandelt. Unser Umgang blieb auch nach Feierabend frei von männlichem Dominanzgehabe und Hintergedanken. Ich sah ihnen in die Augen und nicht in den Ausschnitt, damit fing es schon mal an. Ich war gut erzogen, ich tat nicht nur so.

Einer Chefin entgeht so etwas nicht. Eine Chefin sieht alles – nicht nur, was du tust, sondern auch, was du denkst. Mit anderen Worten: Wenn ich der Liebhaber von Frau Maibach gewesen wäre, hätten unsere guten Beziehungen niemals die fünfeinhalb Jahre bis zu meiner Übernahme des Chefsessels gehalten, und Frau Maibach wäre nicht so kampflos in den Ruhestand gegangen. Mehr ist zu unserem »Verhältnis« nicht zu sagen. Um mich in der Agentur hochzuschlafen, wäre ich absolut der falsche Mann gewesen. Ich bin kein besonders guter Liebhaber – wenn es danach ginge, stünde ich heute auf der Straße –, ich habe nur die Fähigkeit, ein guter Sohn zu sein.

Ich gebe zu, daß ich für einen Moment daran dachte, meiner Frau persönlich abzusagen, als ich ihre Bewerbungsunterlagen auf den Rufen-Sie-uns-nicht-an-wir-rufen-Sie-an-Stapel legte. Ein solches Telefonat ist eine reine Routine-Angelegenheit und wird normalerweise von den niederen Chargen erledigt. Die Wahrscheinlichkeit, daß sich daraus ein halbwegs zwischenmenschliches Gespräch entwickelt, ist praktisch gleich Null. Außerdem hatte ich meiner Frau nichts weiter zu sagen. Ich hätte einfach nur gerne ihre Stimme gehört.

Dagegen sprachen meine Prinzipien und Frau Maibach. Sie wußte immer sofort, was mit mir los war, und registrierte jede noch so flüchtige Gemütsbewegung. Von daher konnte ich es mir nicht leisten, verliebt zu sein. Es gab nur eins: Ich mußte mir meine Frau – wie es so schön anschaulich heißt – aus dem Kopf schlagen.

Es war nicht wirklich »Liebeskummer«, ich trauerte nur der Zeit nach, als ich ihr noch nicht begegnet war.

Doch das Leben ging weiter. Ich konnte und wollte meine sprichwörtliche Ausgeglichenheit nicht länger aufs Spiel setzen. Wenn ich bei meiner Frau eine reelle Chance gehabt hätte, hätte ich vermutlich keinen Augenblick gezögert und zum Telefonhörer gegriffen. So aber übergab ich ihre Bewerbung zusammen mit all den anderen einer fleißigen Praktikantin und blieb gerade noch lange genug in der Nähe, um sie abschließend sagen zu hören: »Rufen Sie uns nicht an, wir rufen Sie an.« Sie sprach mit dem Anrufbeantworter.

Ich glaube, wenn ich mit mir zusammen wäre, würde ich auch fremdgehen.

Keine zwei Wochen später sah ich meine Frau das erste Mal auf der Leinwand. Ich war zu der Premiere eines Films eingeladen, in dem zwei unserer Klientinnen die Hauptrollen spielten. Es ging um ein lesbisches Pärchen, zwei Freundinnen, die sich schon seit Jahren liebten und trafen, aber ihren Familien weiterhin mehr oder weniger intakte Ehen vorgaukelten – die eine mit einem Leichtmatrosen, die andere mit einem illegalen Einwanderer. Doch obwohl sie es im Grunde beide besser wußten, waren sie auf den jeweiligen Alibi-Mann der anderen eifersüchtig. Was dazu führte, daß sie sich irgendwann aus Rache gegenseitig betrogen – mit wechselnden Partnern beiderlei Geschlechts und manchmal sogar mit ihren Männern.

Das Ganze war ein ausgesprochener Kunstfilm, eine deutsch-französische Koproduktion, finanziert von arte und Fördergeldern der EU. Damit entfiel der Pornographieverdacht. Im Vordergrund stand vielmehr der »sensible filmische Umgang mit dem delikaten und immer noch tabuisierten Sujet weiblicher Homosexualität«. Das bedeutete geschmackvoll ausgeleuchtete Liebesakte und schattenreiche Nacktszenen, melancholische Stilleben und verschachtelte Dialoge ohne Handlungsrelevanz. Die Kameraführung war überaus ambitioniert und zeigte uns die scheinbar altvertraute Alltagswelt, wie wir sie noch nie gesehen hatten: überraschende Schwenks auf schwindelerregende Bücherregale, rasante Zufahrten auf Kaffeetassen und Großaufnahmen von Essensresten auf Geschirr. Dazu Musik von Arvo Pärt und Originalsprache mit Untertiteln (auch bei dem authentisch-illegalen Einwanderer aus Simbabwe). Alles in allem ergab das einen kontroversen Kinoabend für Voyeure mit intellektuellem Anspruch und einer gewissen Leidensfähigkeit im Aushalten von Kunst. Bei der Kritik kam so etwas immer gut an. Und wer trotzdem fand, die wiederholten Brustwarzenzooms und minutiösen Detailstudien von seetangähnlichem Schamhaar in Badewannenwasser seien Pornographie für Verklemmte, der hatte den Film nicht verstanden.

Manchmal hasse ich meinen Job.

In diesem nachdenklich stimmenden Beitrag zur Völkerverständigung spielte meine Frau eine blond-frivole Nachbarin, für deren Reize sich die männlichere der beiden Protagonistinnen zunehmend erwärmte – die mit dem Kurzhaarschnitt, versteht sich. Es gab ein paar Vertigo-artige Szenen im Treppenhaus, in denen die Kurzgeschorene meiner Frau auflauerte, um ihr beim Öffnen der Briefkästen lüsterne Blicke zuzuwerfen. Dann folgten zwei bis drei Außenaufnahmen, die meine Frau zeigten, wie sie mit leeren Einkaufstaschen zu ihrem Auto ging und mit vollen wieder zurückkam. Aus einer von ihnen ragte der Hals einer Magnum-Flasche Champagner hervor. Die bis ins Unerträgliche steigende Spannung (was um alles in der Welt würde mit dieser Flasche geschehen?) entlud sich schließlich in einem kurzen, eher alltäglichen Plausch von Wohnungstür zu Wohnungstür, in dem sich meine Frau als durch und durch männerfixiert entpuppte. Daraufhin verschwand sie auf Nimmerwiedersehen von der Bildfläche (circa zweieinhalb Drehtage insgesamt). Die Frage, wer denn nun den Champagner mit ihr trinken würde, blieb offen.

Die schauspielerischen Leistungen meiner Frau fielen nicht weiter auf. Als sonnig-seichte Nachbarin wirkte sie so glaubwürdig, daß sie fast gar nichts mehr zu spielen brauchte. Sie schien die Idealbesetzung für eine Aus-den-Augen-aus-dem-Sinn-Blondine zu sein. Jedenfalls hätte ich sie wahrscheinlich sofort wieder vergessen, wenn sie nicht zufällig meine Frau gewesen wäre. Seit unserer Begegnung beim Casting zuckte ich jedesmal zusammen, sobald in irgendwelchen namenlosen Nebenrollen eine Blondine auftauchte, die ihr auch nur im entferntesten ähnlich sah. Und es sahen ihr viele ähnlich! Doch diesmal war ich vorgewarnt. Ich kannte jetzt den Unterschied zwischen meiner Frau auf der Bühne und meiner Frau in der Kantine, und ich wußte, daß sie zumindest in der Kantine etwas ganz Besonderes war.

Sie war eine gute Versteckspielerin, immer schon.

Ich konnte sie während der Vorstellung im Zuschauerraum nicht entdecken. Sie saß auch nicht mit auf dem Podium, als sich der Regisseur und seine beiden Hauptdarstellerinnen anschließend den rhetorischen Fragen von Presse und Publikum stellten. Normalerweise hätte ich unseren Klientinnen kurz gratuliert, ihnen im Namen von Frau Maibach einen Blumenstrauß überreicht und mich dann verabschiedet. Aus Partys machte ich mir nicht viel. Aber ich hatte den Verdacht, daß meine Frau nur deshalb nicht in der Vorstellung und bei der Publikumsdiskussion erschienen war, weil sie längst angefangen hatte zu feiern. Sie tat einfach das, was sie am besten konnte.

Es mußte Liebe sein. Wäre mir das nicht klar gewesen, dann wäre es mir spätestens bei dieser Publikumsdiskussion klargeworden. Wer hier freiwillig saß und sich das anhörte, mußte über beide Ohren verliebt sein oder obdachlos. Der junge französische Filmemacher erzählte bei jeder Gelegenheit Geschichten aus seiner Kindheit, die erst wenige Jahre zurückzuliegen schien. Er war in einem idyllischen Provinznest aufgewachsen, dessen Einwohner außer Inzest, Vergewaltigungen und Katholizismus offenbar wenig Möglichkeiten zur Freizeitgestaltung hatten. Seine burleskbrutalen Kindheitserinnerungen endeten jedesmal damit, daß er die Intoleranz und sexuelle Verklemmtheit des Kleinbürgertums anprangerte – ein Vorwurf, der auch seinen potentiellen Kritikern drohte.

Die beiden Hauptdarstellerinnen saßen vor Gläsern mit Mineralwasser, lächelten und schwiegen sich interessant. Etwas anderes blieb ihnen auch nicht übrig, schließlich durften sie nur sagen, wie »fantastisch« die Zusammenarbeit war, was für ein »Superteam« sie am Set gewesen seien und daß sie zu dem Regisseur »absolutes Vertrauen« gehabt hätten – eine komplette menschliche Fehleinschätzung, nach allem, was man so hörte. Ansonsten wanden sie sich um die unausgesprochene Frage, die sämtlichen geifernden älteren Herren im Zuschauerraum wie ein Wurm durch den Kopf ging: Waren diese beiden hübschen, talentierten

Schauspielerinnen wirklich lesbisch? Hatten sie eigene Erfahrungen auf dem Gebiet der gleichgeschlechtlichen Liebe? (Wenn ja, welche? Einzelheiten, bitte!) Und waren sie damit für die Freuden der Heterosexualität ein für allemal verloren, oder lag es nur daran, daß sie den Richtigen noch nicht gefunden hatten (der vielleicht bei dieser Diskussion – wer weiß – rein zufällig unter den Zuschauern saß)?

Jahrzehnte voller political correctness hinderten die männlichen Zuschauer allerdings, diese Fragen auch nur andeutungsweise zu ventilieren. Statt dessen nutzte eine struppige Journalistin mit hennagefärbten Haaren den moralischen Vorteil, daß sie zumindest vordergründig eine Frau war, um sich scheinheilig zu erkundigen, wie denn die Darstellerinnen für ihre Rollen »recherchiert« hätten.

Manchmal hasse ich meinen Job nicht nur, ich verfluche ihn.

Augenblicklich brach mir der Schweiß aus. Ich hatte unseren Klientinnen geraten, auf Fragen nach ihrer Biographie und ihren sexuellen Vorlieben nicht zu antworten. Bei einer solchen Frage konnten sie nur verlieren. Denn entweder hatten sie eigene Erfahrungen auf diesem Gebiet, dann waren sie in den Augen der Öffentlichkeit schlichtweg Lesben und keine Schauspielerinnen, oder sie hatten keine solche Erfahrungen, dann waren sie schlichtweg Schauspielerinnen, die nur so taten als ob und in Wirklichkeit keine Ahnung hatten.

»Das ist unser Berufsgeheimnis«, antwortete die weiblichere der beiden Protagonistinnen – die mit dem Pferdeschwanz. Es gab den erwartungsgemäßen Lacher, meine Handinnenflächentranspiration ging zurück, und den Phantasien der älteren Herrschaften blieb jedes Türchen offen. Die Gefahr war gebannt, zumal der Regisseur umgehend eine weitere Diskriminierungsanekdote aus seiner unerschöpflich schlimmen Kindheit zum besten gab. Dann erhob er einmal mehr seine Faust gegen die Intoleranz und sexuelle Verklemmtheit des Kleinbürgertums, und das Büffet war eröffnet.

Wenn es einmal eine Zeit gegeben hatte, in der es ein Privileg darstellte, Mann zu sein, dann war das lange her.

Ich hatte mich nicht getäuscht. Meine Frau saß mit einigen Technikern und Assistenten an der hintersten Bar im Foyer und hatte längst angefangen zu feiern. Ich entdeckte sie sofort. Ich hätte sie sogar mit verbundenen Augen gefunden. Sie war immer da, wo am lautesten gelacht wurde.

Ansonsten war die Stimmung sehr verhalten. Die übrigen Premierengäste schlichen mit simulierter Betroffenheit um das Büffet und luden sich ihre Teller mit Fingerfood voll. Nachdenklich schoben sie sich die auf Zahnstocher gespießten Häppchen in den Mund und nickten beim Kauen, um sich gegenseitig zu bestätigen, wie wichtig Filme dieser Art im Kampf gegen eine bigotte Sexualmoral waren. Die Journalistin mit den struppigen Hennahaaren wandelte von Stehtisch zu Stehtisch und drängte sich überall mit der Frage auf, ob denn ein Mann überhaupt solch einen Film machen könne? Was ein hochinteressantes Thema war angesichts der Tatsache, daß er ihn effektiv gemacht hatte. (Ich hätte nur zu gerne miterlebt, was passiert wäre, wenn sie an meine Frau geraten wäre. Aber sie wandte sich mit ihrem Pseudo-Anliegen ausschließlich an Männer, die in Sachen Geschlechterproblematik naturgemäß nicht sagen durften, was sie dachten.)

Sicher war meine Frau nicht zuletzt deshalb so unbefangen munter, weil sie weder den Film noch die Diskussion durchlitten hatte. Daraus machte sie auch keinen Hehl. Ihre feucht-fröhliche Botschaft war: Leute, das Leben ist kurz! (Zu kurz jedenfalls, um einen ganzen Abend den Vorhautverengungen eines französischen Jungregisseurs nachzuspüren.) Wo alle anderen sich in Pietät und falschen Komplimenten übten, zeigte sie ganz ungeniert, was sie von dieser Veranstaltung hielt. Wäre ich ihr Agent gewesen, hätte ich mich wahrscheinlich verpflichtet gefühlt, irgendwann einzuschreiten und sie zur Zurückhaltung zu mahnen. Sie lachte wirklich sehr laut. Doch ich war nicht ihr Agent und hatte auch nicht vor, es zu werden. Die Branche bekennt sich zwar zur Meinungsfreiheit und verachtet wirbellose, windelweiche Mimen, bevorzugt sie aber.

Meine Frau kümmerte das nicht. Sie war so, wie sie war, was man von Filmleuten sonst nicht gerade behaupten kann, und mir gefiel ihre offene, undiplomatische Art, obwohl oder vielleicht gerade weil sie sich damit als Schauspielerin schadete. Das imponierte mir. Sie hatte geschwänzt und stand nun lachend in der Raucherecke, wo sich das wirkliche Leben abspielte, während ich auf dem Ameisenpfad der Streber und Schleimer durchs Foyer kroch, um in irgendwelchen Produzentenhintern zu verschwinden.

Damals war ich nicht eifersüchtig, ich war nur neidisch, daß sie den Mut hatte, all das zu tun, was ich mir nie erlaubt hätte. Sie war in jeder Hinsicht mutiger als ich.

»Sie wollen schon gehen?«

Ich hatte mich an meinem immer wärmer werdenden Premierensekt festgehalten und meiner Frau aus sicherer Entfernung zugesehen, wie sie die Dreharbeiten im Schnelldurchlauf Revue passieren ließ und das Regieteam rauf und runter parodierte. Was sie in einer halben Minute am Tresen mal eben so zusammenspielte, besaß mehr Unterhaltungswert als der gesamte Film, ihre eigene Rolle mit eingeschlossen. Unsere Blicke trafen sich ein paar Mal, aber ich war nur ein Zuschauer von vielen und fühlte mich nicht gemeint. Um so überraschter war ich, als sie plötzlich neben mir an der Garderobe stand.

»Sie auch? Ich meine, wollen Sie auch nach Hause?« fragte ich. Ich war mehr als überrascht, ich war baff.

»Nein, ich muß pinkeln.« Sie musterte mich aus nächster Nähe, während ich nach einer schlagfertig klingenden Antwort suchte im Stil von ›Das ist ein bißchen mehr Information, als ich gebrauchen kann‹. Doch noch bevor mir etwas einfiel, war sie schon wieder am Zug.

»Sagen Sie bloß, der Film hat Ihnen nicht gefallen.«

»Nicht mein Genre.«

»Was ist denn Ihr Genre, Tagesschau?«

»Schon eher.« Das war mein voller Ernst, aber sie lachte. »Und Ihr's?« fragte ich, um irgend etwas zu fragen.

»Kaffeefahrten. Deswegen bin ich Schauspielerin geworden.«

Also doch, dachte ich. Schauspielerin spricht Agenten an. Agent will sehen, was sich machen läßt. Schauspielerin erhofft sich Rolle. Agent erhofft sich One-night-stand. Es paßte alles in Bild. Nur daß meine Frau mich, während ich das dachte, unvermittelt stehenließ.

»Möchten Sie was trinken?« rief ich ihr nach.

»Wenn Sie mich besoffen machen wollen, kommen Sie zu spät.« Sie ging einfach weiter.

»Kaffee, vielleicht ...« Ich versuchte, mich nicht verzweifelt anzuhören.

»Später«, sagte sie und verschwand.

Sie hatte eine Art, sich beim Lachen das Haar hinters Ohr zu streichen, die mir durch und durch ging.

Bitte melde Dich!

Ich wollte ihr noch hinterher rufen: »Na, dann warte ich hier solange auf Sie!« Doch da war die Toilettentür schon zu. Einen Augenblick blieb ich stehen, wo ich stand, mit meinem Mantel im Arm und ohne erkennbare Daseinsberechtigung. Ich war das Männlein im Walde. In meinem Rücken die Blicke der Garderobieren, die ich zu ignorieren versuchte. Linkerhand die Damentoilette, die ich nicht allzu auffällig belauern wollte. Eine Weile tat ich so, als würde ich mir über irgend etwas wahnsinnig den Kopf zerbrechen, aber ich vergaß jedesmal, was es war. Ich ging ein paar Meter auf und ab und trampelte ein Muster in die Auslegware. Dann lehnte ich mich wie erschöpft an eine Säule und starrte durch das Panoramafenster in die Nacht.

MODERATOR: *So, und nun zu unserem nächsten Anrufer! Sebastian, du bist deiner Traumfrau im Kino begegnet, hast sie aber aus den Augen verloren?*

ANRUFER: *Ja, es war nach der Filmpremiere von »Sapphos Klippen«.*

MODERATOR: *Wie sah sie aus?*

(Ein Moment Funkstille.)

ANRUFER: *So wie ich sie mir immer vorgestellt habe.*

MODERATOR: *Ja, aber was hatte sie an?*

ANRUFER: *Darauf habe ich nicht geachtet.*

Es ließ sich nicht länger verleugnen. Ich wartete auf sie. Die Garderobieren mit ihrem Häkelzeug hatten es gleich gesehen. Ich wartete auf meine Frau. Wenn ich nicht bald etwas dagegen tat, würde ich den Rest meines Lebens auf sie warten.

MODERATOR: *Also, ihr hattet Blickkontakt?*

ANRUFER: *Ja.*

MODERATOR: *Aber du hattest nicht den Mut, sie anzusprechen ...*

ANRUFER: *Sie hat mich angesprochen.*

MODERATOR: *Und worüber habt ihr geplaudert, Sebastian?*

ANRUFER: *Ich wollte nach Hause.*

Es war die einzige Möglichkeit, um diese Geschichte herumzukommen: Ich mußte alleine nach Hause gehen, jetzt sofort!

MODERATOR: *Hat sie dir ihren Vornamen verraten?*

ANRUFER: *Sie heißt Sabine.*

MODERATOR: *Sabine, na bitte, wir kommen der Sache schon näher! Es saßen sicher nicht so viele Sabinen in der Premiere von »Sapphos Klip-*

pen«, die sich anschließend mit einem Mann übers Nachhausegehen unterhalten haben. Hast du vielleicht irgend etwas Markantes gesagt, an das sie sich erinnern könnte?

ANRUFER: *Nein.*

MODERATOR: *Oder gab es eine besondere Geste oder einen Blick?*

ANRUFER: *Nicht, daß ich wüßte.*

Ich betrachtete noch einmal nüchtern meine Chancen. Meine Frau wollte nichts von mir, das war die gute Nachricht. Sie erwartete weder, daß ich einen Agenturvertrag aus der Tasche zog, noch verlangte sie, daß ich sie meiner Chefin oder sonstwem vorstellte. Sie war anders. Mein Job schien ihr tatsächlich egal zu sein (so gut spielte sie auch im Leben nicht, daß sie mich diesbezüglich täuschen konnte). Für sie war ich nicht nur ein Fuß in den Türen der Besetzungsbüros, ich war einfach nur ich. Und das war gleichzeitig die schlechte Nachricht. Sie wollte wirklich nichts von mir.

MODERATOR: *Aber es hat gefunkt zwischen euch, oder?*

ANRUFER: *Bitte?*

MODERATOR: *Es hat geknistert. Es lag was in der Luft, Sebastian?*

ANRUFER: *Ja, naja ...*

Ich harrte noch weitere fünf Minuten aus und tat ganz offensichtlich nichts. Die Blicke der Garderobieren waren mir inzwischen wurscht. Mit meinen Chancen stand es nicht zum Besten. Doch es schien mir immer noch erträglicher, auf meine Frau zu warten, als ganz allein zu sein.

MODERATOR: *Was ich damit sagen will, Sebastian, du glaubst schon, daß Sabine die Begegnung mit dir nicht gleich wieder vergessen hat.*

ANRUFER: *Ich glaube doch.*

Sie kam nicht. Vielleicht war sie auf der Toilette eingeschlafen. Vielleicht hatte ich auch so intensiv über meine Chancen nachgedacht, daß ich sie verpaßt hatte. Eine Produzentengattin mit viel Geschmeide um die Ohren trippelte auf hohen Pumps in die Toilette und kam mit flachen Schuhen wieder heraus. Sonst tat sich nichts. Natürlich hätte ich die Garderobieren bitten können nachzusehen, ob meine Frau noch immer über der Kloschüssel hing. Aber so wurscht waren mir ihre Blicke auch wieder nicht. Immerhin, stellte ich fest, war ich noch feige. Ein bißchen war ich wenigstens noch ich.

MODERATOR: *Also dann, liebe Sabine, wenn du in »Sapphos Klippen« warst und uns hören kannst: Bitte melde dich! – Viel Glück, Sebastian!*

Es ist nie zu spät, um alleine nach Hause zu gehen, dachte ich und zählte innerlich bis zwanzig. Ich verzählte mich und fing noch einmal von vorne an. Ich forderte das Schicksal wirklich heraus. Doch die Tür zur Damentoilette öffnete sich nicht. Meine Frau blieb verschwunden. Irgendwann hatte ich definitiv zu Ende gezählt und ging. Ich ging tatsächlich allein nach Hause in dieser Nacht.

Nicht, daß es etwas geholfen hätte.

4 UNSERE BESTEN JAHRE

Bis meine Frau und ich uns wiedersahen, sollten Monate vergehen, genaugenommen fast ein halbes Jahr. Unabhängig voneinander wurden wir beide in das Fördergremium für Zeitkritische Kurzfilme (FÖZK) berufen, dessen Jury satzungsgemäß auch »eine renommierte Persönlichkeit aus dem Bereich der darstellenden Künste« umfassen sollte. Die Wahl fiel auf sie, ohne daß klar wurde, wie viele Schauspielerinnen im Vorfeld dankend abgelehnt hatten. (Es ist mir bis heute ein Rätsel, warum ausgerechnet sie zusagte, außer vielleicht mangels Beschäftigung.) Jedenfalls kam ich für meinen Teil zu der Ehre, weil Frau Maibach mich als ihren Stellvertreter geschickt hatte. Sie selbst war es nach eigenem Bekunden leid, sich wegen ein paar Kleckerbeträgen über »Demokratie in der Kunst« zu ärgern. Mit anderen Worten, ich mußte hin.

Das FÖZK war wie so viele Auswahlgremien unserer spesenproduzierenden Förderlandschaft dem Grundsatz der repräsentativen Entscheidungsfindung verpflichtet und folglich mit »Repräsentanten« aus den verschiedensten Bereichen des Filmschaffens besetzt. Dazu gehörten ein Drehbuchautor, der immer dasselbe zerknitterte Jackett trug und meines Wissens seit Jahren kein einziges Drehbuch mehr fertiggestellt hatte, ein drittklassiger Produzent mit einer kunterbunten Fliege unter dem Kinn, der sich durch Lehrfilme im industriellen Bereich über Wasser hielt, und eine Regisseurin, von der nur bekannt war, daß sie einmal bei diesem oder jenem großen Regisseur assistiert hatte. Dafür rauchte sie Kette und trug ausnahmslos Schwarz. Den Juryvorsitz führte ein vollbärtiger, immer etwas hibbelig wirkender Waldschrat, der wider Erwarten nicht im ökologischen Gemüseanbau tätig war, sondern das Kommunale Kino leitete und daher die Sparte »Filmverleih und -vermarktung« vertrat, auch wenn sein Laden selten mehr als viertelvoll war.

Es war nicht schwer vorherzusagen, welche Förderanträge letztlich den Zuschlag bekommen würden. (Es ging um vergleichsweise bescheidene Summen, die aber wiederum nicht so klein waren, daß man sie nicht noch bis zur Bedeutungslosigkeit stückeln konnte.) Gremienentscheidungen sind keine ästhetischen Entscheidungen, sondern moralische. Wer eine Filmidee einfach nur gut findet, weil er sich das Resultat gerne im Kino angucken würde, gilt praktisch als unzurechnungsfähig. Im Vordergrund steht nicht die Qualität einer Story, sondern ihre Bedeutung für Politik und Gesellschaft. Von daher gewinnt nie das beste Projekt, sondern immer das mit den besten Absichten.

Als verantwortungsbewußtes Jurymitglied ist man gut beraten, zunächst einmal alles auszusortieren, was auch nur im entferntesten unterhaltsam, spannend oder witzig ist. Dann stürzt man sich auf die »wirklichen Themen« und vergleicht eine Weile die Integrationsprobleme von Deutsch-Türken der zweiten Generation mit den Nöten alleinerziehender Frauen in einer Welt ohne Ganztagskindergärten. Man wägt sorgfältig ab, was im Augenblick sozial relevanter ist: die Leiden der Frühverrentung (erzählt am Beispiel eines ischiaskranken Drehers, der ohne viel Aufhebens vor dem Fernseher stirbt und erst nach Wochen tot in seiner Wohnung gefunden wird) oder die vergleichsweise optimistische Geschichte eines geistig behinderten Landschaftsmalers, der im Alter von siebzig Jahren sein erstes Bild verkauft. Zwischendurch engagiert man sich für den filmischen Nachwuchs und das nach Ausdruck drängende Lebensgefühl einer neuen Generation, bis man zu dem Schluß kommt, daß sie eigentlich überhaupt nichts zu sagen hat. Und nach langem, zähem Ringen einigt man sich schließlich auf all jene Projektvorschläge, die gleich in den ersten Sätzen den Utopieverlust und die politische Orientierungslosigkeit unserer Zeit beklagen.

Am besten gefiel mir persönlich das Exposé eines in Deutschland lebenden Schweizers, der schon aufgrund seiner privilegierten Herkunft keine Chance hatte. Sein Kurzfilmprojekt trug den Titel »Die gute Nachricht« und handelte von einer Zeitung gleichen Namens, die sich auf ihre Fahnen geschrieben hatte, ausschließlich gute Nachrichten zu veröffentlichen. Von daher war die erste Ausgabe recht dünn. Doch das Gründerpärchen hielt trotz aller Rückschläge an seinem Glauben an das Gute fest. Die beiden waren durch nichts zu erschüttern und jammerten nie, genausowenig wie ihr bester Freund, der alleinige Redakteur und Grafiker des Blattes, der jeden Morgen zum Frühstück frische Croissants und frohe Botschaften mitbrachte. Gemeinsam starteten sie eine Kampagne für den »lächelnden Leser«. Sie gründeten einen Journalistenstammtisch unter dem Motto »Zuversicht« und recherchierten hartnäckig auch in schweren Zeiten, bis sie genügend gute Nachrichten beisammen hatten. Ihre Mühe wurde belohnt, ohne daß sie je daran gezweifelt hätten. Die Auflage stieg. Der Umfang wuchs von Woche zu Woche. Es schien, als würden sich die guten Nachrichten geradezu von selbst vermehren. Insbesondere der Kleinanzeigenteil, wo die Leser ihre alltäglichen kleinen Triumphe und Glücksmomente bekannt machen konnten, nahm immer größere Ausmaße an. Und so war die Zeitung am Ende voll von Leuten, die der Welt mitteilten, daß sie vorige Woche mit dem Rauchen aufgehört hatten, drei Behördengänge sowie einen längst fälligen Arztbesuch erledigen konnten und sich auf einmal wieder an ihren Hochzeitstag erinnerten.

Natürlich hätte ich vor dem Gremium zur Förderung des Zeitkritischen Kurzfilms argumentieren können, es handele sich bei dieser Filmidee um eine hellsichtige Satire auf den Katastrophenjournalismus. Der Antragsteller entlarve mit seiner scheinbar naiven Positivparabel die Stimmungsmache einer sensationslüsternen Presse, die sich mit Sex, Gewalt und Negativschlagzeilen zu überbieten versuche. Gegen diese einseitige Färbung der Welt, gegen die Ausbeutung primitiver Ängste und Vorurteile zugunsten von Quoten und Auflagen setze der Film eine Optik der Lebensfreude und Bejahung. »Die gute Nachricht« sei somit ein erfrischendes Plädoyer für die Meinungsfreiheit, ein Film, der Mut mache zu unkonventionellen Überzeugungen und zu einem selbstbestimmten Leben gegen den medialen Trend. All das hätten die Jurymitglieder sicherlich gerne gehört. Aber das war nicht das Schöne an diesem Film. Schön war, daß er gerade nichts dergleichen beabsichtigte.

Ich saß in der Jurysitzung und schaute einigermaßen geistesabwesend in die Runde, die seit einer halben Stunde über die Minorisierung und Diskriminierung von Rauchern in der Öffentlichkeit diskutierte, angeregt durch ein semidokumentarisches Kurzfilmprojekt über kubanische Tabakpflanzer. Die Regisseurin steckte sich bereits ihre siebte Zigarette in Folge an, und der Drehbuchautor schnorrte seine dritte. Der Nikotinnebel wurde immer dichter. Über seiner gelbgepunkteten Fliege war der Produzent beängstigend rot angelaufen, aber er traute sich nicht, etwas Minorisierendes oder Diskriminierendes gegen Raucher zu sagen. Auch der fusselbärtige Juryvorsitzende erhob keine Einwände, um nicht als reaktionär dazustehen und den kubanischen Tabakpflanzern indirekt zu schaden. Er schlug nur irgendwann vor, ein Fenster zu öffnen.

Es gab im Grunde zwei Möglichkeiten. Entweder ich setzte mich mit pseudo-politischem Engagement für »Die gute Nachricht« ein und sorgte dafür, daß dieses muntere Filmvorhaben als ein Konstrukt von moralinsauren Absichten mißverstanden wurde – dann hatte es eine realistische Chance auf Förderung. Oder ich stellte es als die unbekümmerte Geschichte dar, die es war: ein paar Leute mit einer witzigen Idee, guten Freunden und unverwüstlichem Frohsinn in einem fünfzehnminütigen Märchen vom Glück. Nur dann würde das Geld an die kubanischen Tabakpflanzer gehen.

Es war meine Frau, die mir zuvorkam. Völlig überraschend und außer der Reihe votierte sie für den Antrag des Deutsch-Schweizers. Er verdiene zwar nicht gerade einen Nobelpreis für Betroffenheit, aber schließlich gehe es hier nicht um das »Wort zum Sonntag«, sondern um einen Film. Und von allen Vorschlägen sei »Die gute Nachricht« der einzige, bei dem sie als Schauspielerin Lust hätte mitzumachen.

Das war sehr ehrlich und absolut verheerend. »Lust« war natürlich kein Kriterium. »Lust« zählte im FÖZK nicht mal während der Pinkelpausen. Man konnte förmlich sehen, wie sich ein Gefühl von moralischer Überlegenheit unter den Jurymitgliedern breitmachte.

Wenn wir Figuren in einem Glücksmärchen des deutschschweizerischen Kurzfilmers gewesen wären, hätte es jetzt gefunkt. Die Kamera wäre noch einmal über die pikierten Gesichter unserer Mitjuroren gewandert. Meine Frau und ich hätten uns einen vielsagenden Blick zugeworfen, genickt und dann die Flucht ergriffen. Wir wären einfach zusammen losgelaufen, Hand in Hand, die menschenleeren Korridore und Treppen hinunter, und hätten im Laufen laut gelacht. Ende, Abspann. Nur daß auch dieser kurze Glücksfilm vom FÖZK nie finanziert worden wäre.

Die Realität sah anders aus. Zweieinhalb Stunden und anderthalb Zigarettenpackungen später verließen wir müde und mundtot das Sitzungszimmer. Wir hatten uns wacker geschlagen, aber nichts erreicht. Der Antrag des Deutsch-Schweizers fand keine Mehrheit in der Jury. Und wir fanden irgendwann: Pech für das FÖZK. Von daher enthielten wir uns für den Rest des Abends der Stimme.

Dann fragte mich meine Frau, ob ich Lust hätte, mit ihr zusammen noch ein Bier trinken zu gehen.

Ich hätte nie im Leben ja gesagt, wenn ich nicht über meine Frau hinweg gewesen wäre. Ich hatte vier, fünf Monate überflüssiger Verliebtheit hinter mir, Schlafstörungen und Appetitlosigkeit. (Ich ging zwischenzeitlich so weit, von »Liebeskummer« zu sprechen, um mich selber dafür zu bestrafen.) Sogar Frau Maibach fand, ich sollte dringend Urlaub machen. Dabei war Arbeiten die einzige Möglichkeit, mich von den Gefühlen für meine Frau zu erholen, die hartnäckiger waren als eine Nasennebenhöhleninfektion. Nicht, daß ich von ihr geträumt hätte, ich träume nie. Aber jedesmal, wenn mich etwas an sie erinnerte – wenn ich jemanden lachen hörte wie sie oder ihren leuchtenden Schopf im Gewimmel der Passanten zu sehen glaubte –, versetzte mir das einen Stich. Es war mir alles andere als leichtgefallen, Frau Maibach meine ungeteilte Aufmerksamkeit zu schenken. Ich wollte mich auf keinen Fall ein zweites Mal in meine Frau verlieben.

Ich kenne viele Paare, die sich dieses Stadium zurückwünschen. Sie sehnen sich nach dem Kribbeln im Bauch, dem Herzklopfen, den vielen kleinen Aufregungen und Ungewißheiten, die das Leben spannend machen. Ich kann nicht für meine Frau sprechen, aber ich persönlich fand es grauenhaft, bei jedem Telefonklingeln in Panik zu verfallen und bei jedem Nichtklingeln in Depressionen. Liebt sie mich, liebt sie mich nicht? Gibt es einen anderen in ihrem Leben oder bin ich der einzige? Warum hat sie dies gesagt? Wie hat sie das gemeint? Was bedeuten die fünf Minuten Verspätung? Weshalb muß sie jetzt schon wieder gehen? All diese Fragen stellen sich Menschen normalerweise nur bei zwei Gelegenheiten im Leben: wenn sie verliebt sind und wenn sie die Eifersucht packt. Verliebtheit ist im Grunde nur eine Vorstufe des Eifersüchtigseins. Es sind genau dieselben Zweifel, der Unterschied ist nur, daß sie am Anfang und nicht am Ende der Geschichte stehen. Verliebtheit ist wie Eifersucht, nur daß es ums Gewinnen geht, nicht ums Verlieren.

Abgesehen davon, war meine Verliebtheit in den ersten Monaten absolut einseitig. Das kam erschwerend hinzu.

Meine Frau suchte die Kneipe aus. Sie hatte mehr Erfahrung auf dem Gebiet. Ich rechnete fest damit, daß wir in irgendeinem Künstlerschuppen landen würden, wo jeder jeden kannte, nur mich nicht. Eine halbe Stunde und zwei Biere gab ich uns. Länger würde sie sich als Kantinenschauspielerin nicht mit mir als einzigem Zuschauer begnügen. Es käme das, was man den angenehmen Teil des Abends nennt. Meine Frau würde den gesamten Laden unterhalten: ganz die naßforsche Seele der Party, ein bißchen laut manchmal, aber saukomisch. Und ich würde mich unbemerkt verdrücken. Ich sah das alles kommen. Aber es machte mir nichts aus, nicht mehr. Ich erwartete es so leidenschaftslos wie ein Tiefdruckgebiet laut Wettervorhersage. Irgendwann, vor drei, vier Wochen, hatte ich aufgehört, in sie verliebt zu sein.

Es hatte weder plötzlich »schnipp« gemacht noch ganz allmählich nachgelassen. (Natürlich hatte ich keine andere kennengelernt, je mehr Schauspielerinnen ich kannte, desto weniger war ich scharf darauf.) Ich weiß nicht, wie man sich »entliebt«. Wenn ich es wüßte, wäre vieles leichter. Tatsache ist, daß ich eines Morgens den Wecker wieder ausstellte, mich auf die andere Seite drehte und zum ersten Mal seit Monaten verschlief. Das war alles. Ich schlief die Sache sozusagen aus. Als ich aufstand und mir die Zähne putzte, war meine Frau nur noch eine von vielen.

Und das blieb sie auch, als wir uns plötzlich in der Jury des FÖZK gegenübersaßen. Man hätte mir erzählen können, sie sei mit meinem besten Freund im Bett gewesen (nicht, daß ich einen besten Freund hatte). Man hätte mich mitten in der Nacht anrufen können, um mir zu sagen, daß sie sich gerade mit einem ganzen Heer von Komparsen auf einer Premierenfeier amüsiert, ich hätte die Augen zugemacht und wäre sofort wieder eingeschlafen. Es ging mich nichts an. Es war mir nicht vollkommen gleichgültig, aber es interessierte mich genausowenig wie der übliche Klatsch aus der Branche. Das war sehr angenehm. Es tat nicht weh, und das ist mehr, als man vom Leben sonst erwarten kann.

Es war sehr nett von meiner Frau, nach der Jurysitzung nicht einfach so zu verschwinden. Es war nett von ihr, eine Kneipe anzusteuern, wo wir reden konnten, ohne uns anbrüllen zu müssen. Sogar die Kundschaft war nett, keinerlei Künstler, und der Rest ging schon früh.

Wir redeten länger als eine halbe Stunde, wir tranken mehr als zwei Bier und verstanden uns gut. Meine Frau verzichtete an diesem Abend ganz darauf, die Stimmungskanone zu spielen. Ich wußte das zu schätzen. Aber ich verliebte mich nicht in sie.

Was fand sie bloß an mir? Oder was hat sie damals zumindest an mir gesucht?

Es war ein bißchen so, als hätten wir uns immer schon gekannt. Sie erzählte von sich, von ihren Zeiten als Kinderstar, von ihrer Fernsehjugend und den Wirren der Pubertät, als sie sich so schnell veränderte, daß man sie aus ihrer Serie herausschreiben mußte. Sie hatte nie eine Schauspielschule besucht, sondern einfach immer drauflos gespielt. Doch die Unbefangenheit, mit der sie früher vor der Kamera herumgehüpft war, stellte sich nie wieder ein.

Das war keine Bewerbung. Sie erzählte mir nicht ihren Lebenslauf. So hörte es sich nicht an.

Ich war erstaunt, wie ernst sie sein konnte. Sicher hatte sie diese Geschichte schon tausendmal erzählt, in leichten Abwandlungen, vor wechselndem Publikum. Aber sie verkaufte sie nicht. Ihrem Leben fehlte die Pointe, und sie beließ es dabei. Sie unterhielt mich nicht, sie unterhielt sich mit mir und redete nicht nur von sich. Selbst wenn es um sie ging.

Einen Moment lang war Schweigen, keine Stockung im Gespräch, einfach nur Schweigen. Sie bestellte noch etwas zu trinken (natürlich schauten die Kellner immer zu ihr). Sogar ihre Bestellung besaß diesen zärtlichen Ernst. Ich lehnte mich zurück und fühlte mich entspannt wie selten in Gesellschaft. Sie wollte nichts von mir, ich wollte nichts von ihr. Wir redeten einfach und genossen es, glaube ich, beide. Es war wirklich ein schöner Abend.

Sie hatte es nicht weit bis zu ihrer Wohnung. Wir gingen zu Fuß, ich begleitete sie. An der Vortreppe blieben wir stehen, schüttelten Hände und beugten uns leicht dabei vor. Ich roch ihr Parfüm unter Schichten von Rauch, aber nur flüchtig und für den Moment. Sie schaute sich nicht um, doch ich wartete auf dem Gehweg, bis sie in der Haustür verschwunden war und das Licht im Treppenhaus anging. Ich sah ihren Schatten in den länglichen Fenstern. Ich war nicht verliebt, ich war erleichtert. Und ich schlief gut in dieser Nacht.

Noch hätte ich zurückgekonnt, aber vielleicht war auch das schon eine Illusion.

Wir hatten beide das Gefühl, daß es nichts Ernstes ist. In den darauffolgenden Wochen trafen wir uns häufiger, aber unregelmäßig. Keiner von uns zählte die Stunden, und wir hatten es mit der nächsten Verabredung nie eilig. Wir schoben keine Anlässe vor und mißbrauchten auch niemand als Anstandsdame. Wir trafen uns immer zu zweit und einfach so. Es hatte tatsächlich den Anschein, als würde ich meiner Frau als Zuhörer genügen, zumindest für einen Abend dann und wann. Am Ende brachte ich sie jedesmal bis vor die Haustür. Wir gaben uns die Hände zum Abschied und schnupperten aneinander. Wir mochten uns vielleicht, aber wir brauchten uns nicht.

Ich weiß nicht, ob es zu der Zeit einen anderen gab. Ich wollte es auch nicht wissen. Wenn meine Frau mir damals den Mann vorgestellt hätte, den sie liebt, hätte es nicht weh getan. Nicht sehr.

Sie strich sich noch immer das Haar hinters Ohr, wenn sie lachte.

Vielleicht hätten wir gute Freunde bleiben können, meine Frau und ich. Manchmal stelle ich mir vor, wie das jetzt wäre. (Ich habe wieder angefangen, mir Dinge vorzustellen.) Wir würden uns womöglich zwei-, dreimal im Monat sehen, um irgendwo einen späten Kaffee zu nehmen oder bei einem geistigen Getränk zusammenzusitzen und zu plaudern. Ich würde sie immer noch bis vor die Haustür bringen – ein festes, unveränderliches Ritual. Und wir wären nie über einen zarten Händedruck hinausgegangen. So hätten wir zusammen alt werden können. Ich glaube, uns beiden hätte nichts gefehlt.

Strenggenommen war sie damals schon die ideale Ex-Frau.

Und dann kam es doch, wie es kommen mußte. Ich saß mit Frau Maibach nach einem hektischen Tag in unserem Stammbistro, zwei Blocks von unserer Agentur entfernt. Wir gingen noch einmal die bevorstehenden Verhandlungen und Gesprächsstrategien durch. Es gab einige Mehrfachverpflichtungen von Schauspielern zu besprechen, Terminkollisionen und mögliche Dispositionsmanöver. Auf unserem Tisch häuften sich die Papiere. Frau Maibachs halbgerauchter Zigarillo verschwand unter Drehplänen, desgleichen ihr 18.00 Uhr-Sundowner mit der langstieligen Cocktailkirsche und dem dunkelroten Lippenstiftabdruck in Form eines Fruchtstückchens.

Eigentlich war alles wie immer.

Ich studierte die Flugverbindungen zwischen Köln, Hamburg,

München und Berlin. (Jeder Agent ist ein wandelndes Reisebüro.) Frau Maibach beschimpfte einen Aufnahmeleiter am Handy. Die Dinge gingen ihren gewohnten Gang, bis sie plötzlich anfing, mich unter dem Tisch zu treten. Ich hielt es zunächst für ein Versehen, doch sie füßelte regelrecht mit mir. Das war überhaupt nicht ihre Art.

»Kennen Sie die Dame?« flüsterte sie. Frau Maibach und ich siezten uns, obwohl wir beide mehr Zeit miteinander verbrachten als jedes Ehepaar. »Sie guckt permanent zu Ihnen herüber.« Mit einer eidechsenartigen Kopfbewegung deutete sie Richtung Tresen.

Ich schaute mich um und sah meine Frau mit einer Freundin drei Tische weiter sitzen. Einer Chefin entgeht nichts, dachte ich einmal mehr.

»Ja, kenne ich«, sagte ich und grüßte kurz. Dann vertiefte ich mich wieder in meine Flugverbindungen. Erst als Frau Maibach nicht aufhörte, mich anzustarren, kam mir der Gedanke, ich hätte vielleicht etwas zu verbergen. Das war natürlich nicht der Fall. Doch ich bekam sofort ein schlechtes Gewissen. »Ja, also, das ist Sabine Thelen, eine Schauspielerin, früher einmal Serienstar in –«

»In ›Familienalbum‹, ich weiß«, unterbrach mich Frau Maibach, die sich Gesichter lebenslänglich merken konnte. Sie wandte den Blick nicht von mir ab. Ich ließ die Flugverbindungen sinken.

»Wir haben uns bei der Jury-Sitzung der FÖZK kennengelernt«, stellte ich klar, »sie war weit und breit der einzige Mensch mit Humor.« Warum klang alles, was ich sagte, auf einmal so nach Rechtfertigung?

»Wollen Sie sie nicht zu uns an den Tisch bitten?«

Ich schüttelte unwillkürlich den Kopf. Manchmal verstand ich Frau Maibach nicht.

»Na los, jetzt zieren Sie sich nicht so!«

»Aber wir haben zu tun!«

»Das hat Zeit bis morgen.« Hatte es nicht, aber sie war die Chefin.

Ich holte tief Luft: »Also, wenn Sie glauben, was ich glaube, daß Sie glauben«, Frau Maibach sah aus, als könnte sie mir folgen, »dann irren Sie sich.«

»Was glaube ich denn?«

»Wir haben uns ein paar Mal auf ein Bier getroffen und ein bißchen geplaudert, mehr nicht, und wissen Sie was? Das reicht mir vollkommen!«

»Sie sieht gar nicht aus wie eine Frau für platonische Beziehungen.«

»Das kann man einem Menschen nicht ansehen.«

»Ihnen schon.«

Irgendwie war das kein Kompliment. Dieses Gespräch hatte mir von Anfang an nicht gefallen. »Jedenfalls kommt sie für uns nicht in Frage. Sie ist ganz einfach eine schlechte Schauspielerin.«

Frau Maibach sah mich triumphierend an. Es schien, als hätte ich ihr soeben den ultimativen Beweis für ihre Theorie geliefert. »Aber das spricht doch überhaupt nicht gegen sie!« Ihre erdbeerförmigen Lippen spannten sich zu einem Lächeln. »Ich zum Beispiel habe den schlechtesten Schauspieler, den ich kannte, geheiratet.«

Es überraschte mich, daß sie das auch so sah. Doch es war nicht der richtige Zeitpunkt, um darauf näher einzugehen.

Natürlich hätte ich jetzt beteuern können, daß ich keineswegs vorhatte, mich zu verlieben, geschweige denn irgendeine Art von Beziehung einzugehen, auch keine platonische, und schon gar nicht mit meiner Frau! Wenn zwei Menschen nicht für einander geschaffen waren, dann sie und ich. Wir paßten nicht zusammen. In der Reihe unmöglicher Paare kamen wir gleich nach Franz Kafka und Barbara Valentin, da konnte ich Frau Maibach nur recht geben. Doch sie lächelte mich die ganze Zeit so wissend an, daß ich schlußendlich die Lust verlor, überhaupt etwas zu sagen. Statt dessen stand ich auf, ging zum Tisch meiner Frau und fragte sie.

Es war im Grunde nichts dabei.

»Und?« wollte Frau Maibach wissen, als ich wieder zurückkam.

»Ihre Freundin muß in einer halben Stunde gehen, dann setzt sie sich ein bißchen zu uns. Wo waren wir stehengeblieben?«

Frau Maibach streckte ihre Hand aus und legte sie auf meinen Ärmel. »Verstehen Sie mich nicht falsch, ich möchte mich nicht in ihr Privatleben einmischen.«

»Erstens habe ich kein Privatleben, und zweitens geht Sie das nichts an.« Wo hatte ich nur diese idiotischen Flugverbindungen hingelegt? »Können wir jetzt weitermachen?«

Wir kamen nicht weit. Statt zu kooperieren, ließ Frau Maibach mich keine Sekunde aus den Augen und lächelte ihr Matscherdbeerenlächeln. Wenn ich etwas zur Sache fragte, tat sie so, als würde ich vom Thema ablenken. Wenn ich die Arbeit beiseite schob, unterstellte sie Gefühlsaufwallungen. Es ist manchmal nicht leicht, einer Frau zu beweisen, daß man wirklich, wirklich liebt. Aber es ist noch schwerer, sie davon zu überzeugen, daß man nicht liebt, und zwar wirklich, wirklich nicht. Ich konnte machen, was ich wollte – alles, was ich tat, tat ich aus Liebe, so sah es jedenfalls Frau Maibach. In ihren Augen war da etwas zwischen mir und meiner Frau. Und wenn nicht, dann würde sie es mir eher einreden, als daß ich es ihr ausredete.

Vielleicht habe ich auch immer nur gefühlt, was man von mir erwartet hat.

Meine Frau kam schon nach knapp zwanzig Minuten und setzte sich an unseren Tisch. Ihretwegen war ich nicht nervös, aber Frau Maibach war alles zuzutrauen, angefangen von einem Schwiegertochterexamen mit allen Schikanen bis hin zu heiteren Indiskretionen über meine Intimgewohnheiten im Alltag. Sie begrüßte meine Frau geradezu überschwenglich und sagte, ohne rot zu werden: »Er hat schon so viel von Ihnen erzählt!«

Mit »er« war ich gemeint.

Frau Maibach rückte mit ihrem Stuhl gefährlich nah an meine Frau heran. Nichts auf der Welt konnte verhindern, daß sie die Köpfe zusammensteckten. Mir blieb keine andere Wahl, als geduldig daneben zu sitzen und mit anzuhören, wie sie in der dritten Person über mich redeten. Ich hätte allerhand dafür gegeben, jetzt nicht »er« zu sein.

Doch »er« tat schon bald nichts mehr zur Sache. Die beiden Frauen verstanden sich blendend. Anfangs hatten sie mich ein paar Mal in ihr Gespräch miteinbezogen, eher aus Höflichkeit. Doch weiter schienen sie sich nicht für mich zu interessieren, weder in der dritten noch sonst irgendeiner Person. Statt dessen wechselten sie in rasender Geschwindigkeit die Themen. Ihnen folgen zu wollen, war aussichtslos. Ich kam gar nicht erst in die Verlegenheit, den Unbeteiligten spielen zu müssen. Ich saß in unserem Stammbistro an einem Tisch mit den beiden wichtigsten Menschen meines Lebens und war im Grunde nicht existent.

Eigentlich hätte ich mich ganz entspannt zurücklehnen können. Meine Frau und meine Chefin plauderten zwanglos und ausgiebig über Gott und die Welt mit Ausnahme meiner Wenigkeit. Das konnte mich nicht nur freuen, es konnte mir sogar egal sein. Aber das war es nicht. Ich hatte fest damit gerechnet, Frau Maibach würde eifersüchtig auf meine Frau sein. Statt dessen war ich fast ein bißchen eifersüchtig auf sie.

Egal, wieviel Mühe ein Mann sich gibt, es ist zwei Frauen jederzeit möglich, ihn als tumben Toren hinzustellen.

Für meine Begriffe brach meine Frau ziemlich unvermittelt auf. Aber ich hatte schon eine Weile nicht mehr zugehört und vermutlich den Abschied verpaßt. Frau Maibach winkte ihr noch einmal hinterher, dann wandte sie sich völlig euphorisch an mich.

»Eine wunderbare Person! Ganz toll!« Es war das erste Kompliment, das ich für meine Frau bekam, etliche sollten folgen. Doch damals hatte ich eher erwartet, daß mir Frau Maibach wegen außerdienstlicher Amouren eine Szene machte, als daß sie mir zu meinem guten Geschmack gratulierte. Falls das Gespräch mit meiner Frau ein Schwiegertochtertest gewesen war, dann hatte sie ihn mit Bravour bestanden.

»Allerdings, da muß ich Ihnen recht geben«, fuhr Frau Maibach fort, und die Begeisterung wich schlagartig aus ihrem Gesicht, »sie will tatsächlich nichts von Ihnen.«

Das saß. Ich hatte nicht wirklich geglaubt, daß es zwischen mir und meiner Frau mehr gab, als wir beide dachten. Doch daß eine Instanz wie Frau Maibach es spontan unterstellte, schmeichelte mir. Um so größer die Enttäuschung, die wie immer auf dem Fuße folgte.

Ich sah eine weitere Serie von friedlosen Nächten auf mich zukommen. Ich wußte bereits jetzt, wie ich leiden und mich dabei langweilen würde. All die Qualen kannte ich schon. Ich war gefangen in der Wiederholung meiner seit jeher vergeblichen Gefühle. (Mein »Liebeskummer« wurde langsam chronisch.) Und all das nur, weil ich wider besseres Wissen angefangen hatte, mir einen Moment lang Hoffnungen zu machen.

Diesmal versuchte ich gar nicht erst zu schlafen, sondern zog bis in die frühen Morgenstunden um die Häuser. Gelegentlich kehrte ich in die Kneipen ein, wo wir uns getroffen hatten. Ich schritt die Wege ab, die ich mit meiner Frau gegangen war, und stand manchmal stundenlang vor ihrer unbeleuchteten Haustür. Voller Wehmut dachte ich an die Zeit zurück, in der ich nichts für sie empfunden hatte. Ich hätte alles getan, um meine Gelassenheit wiederzufinden.

Wenn das nicht wie Eifersucht war, was dann?

Selbstverständlich rief ich meine Frau nicht an. Ich dachte zwar ständig daran, aber ich hätte niemals die nötige Lockerheit aufgebracht. Statt dessen bekam ich jedesmal Herzrhythmusstörungen, wenn das Telefon klingelte, und es klingelte ständig, zumindest in der Agentur. Schauspielerinnen, von denen ich nie gehört hatte und auch nichts hören wollte, meldeten sich bei mir. Nur meine Frau dachte offensichtlich nicht daran. Und als ich sie endlich in der Leitung hatte, wollte sie nicht mich sprechen, sondern Frau Maibach.

Ich mußte keinen Privatdetektiv engagieren, um herauszufinden, daß sich die beiden regelmäßig trafen. Sie machten sich nicht einmal die Mühe, es mir zu verheimlichen. Fast täglich saßen sie in unserem Stammbistro und plauderten. Seitdem ging ich nicht mehr hin. Offenbar waren die zwei auf dem besten Weg, dicke Freundinnen zu werden, was zur Folge hatte, daß ich mich sogar bei der Arbeit im Stich gelassen fühlte. Bis spät in die Nacht saß ich im Büro und beutete mich aus zum Wohle des Betriebs, während meine Chefin mit meiner Frau feucht-fröhliche Damenabende verlebte.

Es war natürlich naiv zu glauben, daß Frau Maibach mich nicht durchschaute. Sie hatte auf den ersten Blick erkannt, daß ich mich für meine Frau interessierte. Sie hatte mir meine Enttäuschung darüber angesehen, daß es bei meiner Frau nicht so war. Und sie hatte sich – aus welchen Gründen auch immer – in den Kopf gesetzt, meine Frau und mich zu verkuppeln. Wenn jemand das schaffen konnte, dann sie. Frau Maibach hatte die Gabe, die unmöglichsten Leute zusammenzubringen.

Im Service inbegriffen waren regelmäßige Bulletins über das Befinden meiner Frau. Mehrmals wöchentlich wurde ich von Frau Maibach auf den neuesten Stand der Dinge gebracht, ob ich wollte oder nicht. (Ich wollte und wollte nicht.) Auf diese Weise erfuhr ich, daß meine Frau sich gerade von einem ziemlich wankelmütigen Musiker getrennt hatte, der manchmal wochenlang in der Versenkung verschwand, um sie dann plötzlich mit Morddrohungen zu bombardieren, weil er sich von ihr vernachlässigt fühlte. Sie hatte ihn schon mehrmals mit polizeilicher Hilfe des Hauses verwiesen, sämtliche Schlösser ausgetauscht und eine Geheimnummer beantragt. Er rächte sich damit, daß er auf seinen Konzerten ekstatische Liebeserklärungen greinte, um seine Fans im nächsten Moment mit wüsten Haßtiraden gegen sie aufzuhetzen. Allen Sicherheitsvorkehrungen zum Trotz stand er gelegentlich morgens in ihrem Schlafzimmer und drückte Zigarettenkippen auf seiner Stirn aus oder lauerte ihr im Treppenhaus auf, um sich zum Zeichen seiner Hingabe mit einer zerbrochenen Bierflasche die Haare zu schneiden. Für Frau Maibach war der Fall klar. Wir hatten es hier mit einem Irren zu tun, und ich sah wenig Grund, ihr zu widersprechen. Ob dieser Mann schon vor der Beziehung zu meiner Frau geistig verwirrt gewesen war, fragten wir uns genausowenig, wie wir wissen wollten, warum sie ihn seinerzeit überhaupt vorgelassen hatte. Doch wir teilten ihre Erleichterung, als er wegen illegalen Drogenbesitzes zu einer empfindlichen Geldstrafe nebst einer mehrmonatigen Entziehungskur in einer geschlossenen Anstalt verurteilt wurde.

Des weiteren hielt mich Frau Maibach auf dem laufenden, als meine Frau für einen Sechs-Tage-Dreh auf ein Kreuzfahrtschiff vor Aruba entschwebte. Die beiden telefonierten täglich, zumal ein sexbesessener zweiter Kameramann meiner Frau nachstellte und sie vor versammelter Mannschaft mobbte. Nach einem Nachtdreh unter Sternenhimmel kam es an der Poolbar zu unverhohlenen Grabschereien, bei denen in Ermangelung des wirklichen Kapitäns der Kapitänschauspieler und sein Erster Offizier Schlimmeres verhindern mußten. Hektische Telefonate folgten. Die beiden Frauen überlegten lange, was für Konsequenzen sie aus dem Vorfall ziehen sollten, und bezogen mich indirekt in die Entscheidungsfindung mit ein. Doch im Endeffekt kamen sie zu dem Ergebnis, daß es keinen Sinn habe abzureisen, da der nächsten Blondine in der Rolle meiner Frau dasselbe Schicksal drohe und es nicht fair sei, einer Kollegin etwas zuzumuten, das man selber nicht tun würde.

All diese Neuigkeiten aus dem turbulenten Vorleben meiner Frau trugen nicht gerade zu meiner Entspannung bei. Doch sie sorgten für eine gewisse Abwechslung in meinen Alpträumen und zeigten zumindest eines: Kein Mensch ist ein unbeschriebenes Blatt. Niemand lebt heutzutage mehr im Stande der Unschuld und wartet darauf, von einem Märchenprinzen wachgeküßt zu werden. Meine Frau stand mit beiden Beinen im Schauspielerleben und mußte zusehen, wo sie blieb. Sie dachte gar nicht daran, sich für irgendwen aufzusparen. Niemand tat das, nur gezwungenermaßen ich.

Frau Maibach ließ unterdessen nicht locker. Noch Tage nach dem Kreuzfahrtabstecher meiner Frau empörte sie sich über den Schlendrian von sexueller Belästigung und Blondinenmobbing auf dem Traumschiff, Männergewalt sei schließlich kein Kavaliersdelikt! Das waren ungewohnt feministische Töne aus ihrem Munde, und ich staunte nicht schlecht, obwohl ich ihr natürlich recht gab. Ich war selber Feminist. Nur schien mir die Traumschiffbesatzung auch nicht schlimmer zu sein als andere Crews in der Branche, mal abgesehen davon, daß sie eben auf einem Schiff festsaß und sich nicht so verlief wie an Land.

»Männer!« rief Frau Maibach aus. »Entweder werden sie gleich zu Tieren, oder sie tarnen sich vorher als Künstler. Aber ab einem gewissen Punkt setzt es bei ihnen allen aus!«

Ich fühlte mich irgendwie nicht gemeint, doch das war eigentlich immer so, wenn Frauen über Männer schimpften.

»Eine Frau würde so etwas nie tun! Oder kennen Sie eine Frau, für die es das höchste der Gefühle ist, ein willenloses und gefügiges Stück Fleisch ins Bett zu zerren?«

Pflichtschuldig schüttelte ich den Kopf. Es ging mir wie dem Musterschüler bei einer Standpauke für die Jungs in den hinteren Reihen: Einerseits war ich froh, nicht in der Schußlinie zu stehen, andererseits war es mir unangenehm, so gar nicht dazuzugehören.

»Also, ich kann wirklich nur sagen: Wenn Frauen so wenig von Männern verstehen würden wie Männer von Frauen«, sagte Frau Maibach, »dann wäre das der Untergang der Menschheit.«

Ich überlegte kurz, ob ich nicht wenigstens pro forma Einspruch erheben sollte. Doch meine Solidarität mit grabschenden zweiten Kameramännern und auto-aggressiven Musikern hielt sich in Grenzen. Alles, was ich zustande brachte, war ein vielsagendes »Tja...« Ich hatte noch eine Reihe von Telefonaten zu erledigen.

»Dabei ist sie so eine außergewöhnliche Person«, bekam ich ein weiteres Kompliment für meine Frau, »und ich wünsche ihr wirklich nichts so sehr wie einen Mann, der sie versteht und respektiert.« – Wenn es nur das wäre, dachte ich in meinem Trübsinn, ansonsten ging dieser Wink mit dem Zaunpfahl unbemerkt an mir vorbei. Ich schaltete nicht einmal, als Frau Maibach mir für den Abend eine ihrer Opernkarten überließ und mich frühzeitig nach Hause schickte.

Eigentlich machte ich mir nichts aus Oper. Der Gesang sowie das Ausmaß der Personen und Gefühle verstörten mich eher. Ich bevorzugte leidenschaftslosere Kunstgattungen wie Fernsehen. Doch ich war Frau Maibach zuliebe schon ein paar Mal mitgekommen und konnte von daher schlecht nein sagen.

Meine Lust, unter Leute zu gehen, war durch meinen Liebeskummer noch geringer als sonst. (Ich nahm es mittlerweile sportlich und absolvierte in den stillen Stunden klaglos die einsame Gymnastik meiner Seele.) In großem Bogen umrundete ich das Opernhaus einige Male und eilte erst auf den letzten

Drücker ins Foyer. Um zu meinem Sitzplatz zu gelangen, mußte ich eine halbe Zuschauerreihe von klapprigen älteren Herrschaften aufstehen lassen. Ich war allerdings nicht der einzige. Das La-ola-artige Hochrappeln und Hinsetzen von eingeschränkt bewegungsfähigen Pensionärsgattinnen schien hier ein unverbrüchliches Ritual zu sein. Offenbar wurden die Mittelplätze in der Oper grundsätzlich an notorische Zuspätkommer vergeben. Ich bat nach allen Seiten höflich um Entschuldigung und setzte mich. Frau Maibach konnte ich nirgends erblicken.

Statt dessen saß ich neben meiner Frau.

Schlagartig fügte sich das Puzzle zusammen: Frau Maibachs muntere Geschäftigkeit, ihre Treffen und Telefonate, die ständigen Neuigkeiten über meine Frau und die Männer, ihre Trennungen und Enttäuschungen – jetzt war Sabine solo, und ich sowieso. Also ab mit uns in die Oper!

Frau Maibach hatte mit Hochdruck an diesem Stelldichein gearbeitet und ihren Teil getan. Nun saß ich bei »Cosi fan tutte« in der zehnten Reihe mit nichts als einer Armlehne zwischen mir und meiner Frau. Alles weitere lag bei mir, und keine Macht der Welt, nicht einmal Frau Maibach, konnte mir weiterhelfen.

Ich dachte, es wäre vielleicht eine gute Idee, wenigstens »hallo« zu sagen. Doch in dem Moment gingen die Lichter aus, und die Musik hob an.

Es dauerte ein paar Arien, bis ich den ersten Seitenblick auf meine Frau riskierte. Sie blätterte ziellos im Programmheft und erweckte nicht gerade den Eindruck einer passionierten Operngängerin. Als sie meinen Blick bemerkte, lächelte sie mich an. Ich konnte natürlich nur mutmaßen, was und wieviel Frau Maibach ihr von mir erzählt hatte. Doch offenbar war auch ihr klar, daß uns nicht der pure Zufall hier zusammengeführt hatte, sondern eine uns beiden bekannte Agentin, und zwar in ziemlich durchschaubarer Absicht. Mit anderen Worten: Meine Frau wußte Bescheid.

Das machte es nicht gerade einfacher.

Ich rechnete jeden Moment mit einem ihrer entwaffnenden Kommentare, schließlich nahm sie auch sonst kein Blatt vor den Mund. Doch diesmal schwieg sie mit Rücksicht auf Mozart oder mich. Die Musik war gar nicht so übel.

Ich starrte einen Moment lang auf die Bühne, dann auf die Hände meiner Frau, die sie mittlerweile über dem Programmheft gefaltet hatte. Schmucklose, längliche Finger. Sie trug keinen Ring, und ich überlegte, ob das ein Zeichen war. Erst jetzt wurde mir klar, wieviel mehr ich über sie wußte im Vergleich zu unseren letzten Begegnungen. Eine solche Vielzahl intimer Details kannte ich sonst nur von Serienfiguren oder Starlets aus der Boulevardpresse.

Gelächter im Saal, irgendein gut abgehangener Scherz aus dem Rezitativ rief die gewohnten Reflexe hervor. Die älteren Damen in meinem Nacken schnaubten. Sie lachten nicht wirklich, sondern erinnerten sich nur daran, vor Jahren an dieser Stelle gelacht zu haben. Meine Frau und ich sahen uns an. Sehr lange, sehr ernst. Ich suchte nach einer Spur von Scheu oder Verlegenheit in ihrem Blick, doch da war nichts, nicht einmal eine Frage. Sie sah müde aus. Der Jetlag natürlich. Und der zweite Kameramann. Ich glaube, sie tat mir zum ersten Mal leid. Aber ich sagte kein Wort und hörte irgendwann sogar auf, das Gefühl zu haben, etwas sagen zu müssen.

So langsam genoß ich es. Die leichte, flirrende Musik. Das vielköpfige Schweigen. Die Tatsache, daß hier von mir nichts anderes erwartet wurde, als neben meiner Frau zu sitzen und zu lauschen. Ich fühlte mich so gelöst wie nie in Gegenwart anderer Menschen. Die Anspannung monatelanger Gefühlsvermeidung fiel von mir ab. Millimeter um Millimeter sank ich in meinen Sitz zurück, unmerklich, aber angenehm. Dann lehnte sie ihren Kopf an meine Schulter.

Ich spürte das Pochen ihrer Schläfe durch den Stoff meines Jacketts hindurch. Die Stelle brannte. Der Rest meines Körpers war eiskalt und starr. Eine Zeitlang rührte ich mich nicht. Ich wagte es nicht einmal, meine Fußhaltung zu verändern, obwohl mein rechtes Bein schon bis zur Hüfte taub war. Erst nach einer halben Ewigkeit drehte ich meinen Kopf ein kleines Stück und betrachtete aus den Augenwinkeln ihr Gesicht. Sie war eingeschlafen. Sie schlief tief und fest bis zum Pausenapplaus.

»Ist schon Schluß«, fragte sie blinzelnd, während sich der Silbersee ringsum erhob, um zwischen den Stuhlreihen hindurch ins Foyer abzufließen.

»Nein«, sagte ich, »aber ich bringe dich jetzt nach Hause.«

Sie protestierte nicht.

Noch bevor wir das Parkhaus verlassen hatten, war sie auf dem Beifahrersitz eingedöst. Die Mühe, mit ihr ins Gespräch zu kommen, konnte ich mir sparen. Ich fuhr verkehrsgefährdend langsam durch die Innenstadt, um zu verhindern, daß ihr Kopf nach allen Seiten dengelte. Wie in Zeitlupe hielt ich vor ihrem Hauseingang. Sie war wirklich todmüde. Ich mußte sie halb aus dem Wagen heben.

An einen Abschied vor der Haustür war nicht zu denken. Sie konnte sich kaum auf den Beinen halten und stützte sich auf mich wie eine Betrunkene. Ich kramte den Schlüssel aus ihrer Handtasche und half ihr die Treppen hinauf. Als wir die Wohnung betraten, ließ ich sie los. Ohne nach links oder rechts zu schauen, taumelte sie Richtung Schlafzimmer und fiel ins Bett. Ich brachte es wenigstens fertig, ihr die Schuhe auszuziehen. Dann deckte ich sie zu bis zum Kinn und stopfte die Bettdecke fest. Es war eher unwahrscheinlich, daß sie mich hörte, doch ich sagte ihr gute Nacht und löschte das Deckenlicht. Den kleinen Lampion im Fenster ließ ich brennen. Damit sie wußte, wo sie war, falls sie aufwachte in der Nacht. Die Tür zum Schlafzimmer lehnte ich an.

Das war eigentlich alles. Ich hing ihren Mantel auf, den sie im

Flur einfach abgestreift hatte, verstaute die Schlüssel wieder in ihrer Handtasche und zog die Wohnungstür hinter mir zu. Auf dem Weg durchs Treppenhaus ins Freie begegnete ich niemandem. Es war, als wäre ich nie dagewesen.

Ich liebe dich, und du schläfst.

Erst, als ich wieder im Auto saß, wurde mir bewußt, was gerade geschehen war. Ich hatte zum ersten Mal einen Fuß in ihre Wohnung gesetzt. Ich war endlich hineingegangen in das Treppenhaus, vor dem ich so viele Nächte gestanden hatte. Ich war ein Schatten in ihrem Fenster gewesen und hatte mich über den bunten Lampion gebeugt, eine dunkle Silhouette hinter den hellen Rollos – all das in weniger als fünf Minuten, ohne zu zögern, ohne mir auch nur eine Sekunde selbst dabei zuzuschauen. Im nachhinein schien es mir völlig unglaublich. Aber dann, je länger ich darüber nachdachte, war eigentlich nichts passiert.

Ich umklammerte das Lenkrad fester und starrte auf das parkende Auto vor mir, das aussah, als hätte es sich seit Wochen nicht vom Fleck bewegt. Ich dachte an Frau Maibach und daran, in welche Lage sie mich gebracht hatte. Dann drehte ich den Zündschlüssel.

»Na, warte!« sagte ich laut.

Ich hatte mich damit abgefunden, daß Frauen über mein Leben bestimmten, aber irgendwo gab es Grenzen.

Ich wußte noch nicht, was ich Frau Maibach zuerst vorwerfen sollte, die Anmaßung, Schicksal spielen zu wollen, oder die Naivität zu glauben, man bräuchte Männchen und Weibchen nur einmal zusammen in die Oper zu schicken und sie kämen als Paar wieder heraus. Ich wußte nur, daß ich nicht eher Ruhe geben würde, bis sich Frau Maibach in aller Form bei uns entschuldigte. Und ich wollte ihr Ehrenwort, daß sie sich ab sofort auf die Vermittlung von Schauspielerinnen an Produzenten beschränkte.

Ich hatte mir vorgenommen, am nächsten Morgen mindestens eine Stunde zu spät ins Büro zu kommen, was sonst überhaupt nicht meine Art war, aber ich wollte, daß Frau Maibach auf mich wartete und sich die abwegigsten Gedanken machte. (Es wird ihm doch nichts zugestoßen sein? Ist es gestern etwa so spät geworden? Sollten die beiden gleich an ihrem ersten Abend bis in die frühen Morgenstunden ...?) Ich wollte unsere selbsternannte Agentin der Herzen auf die Folter spannen, sie noch einmal ihren ganzen Kupplerinnenwahn durchleben und durchleiden lassen, bevor ich ihr das Handwerk legte. Während sie in der Hölle der Ungewißheit schmorte, kostete ich jede Sekunde meiner Verspätung aus.

Es lief alles nach Plan. Ich fand keinen Parkplatz (10 Minuten). Auf dem Weg ins Büro wurde ich von dem Hausmeister aufgehalten, der irgendein Problem mit der Mülltrennung hatte und so lange immer wieder dasselbe sagte, bis ich ihm versprach, mich darum zu kümmern (8 Minuten). Anschließend mußte ich meine Sekretärin trösten, die zwei von mir unterschriebene Briefe an namhafte Schauspieler in die jeweils falschen Umschläge gesteckt und abgeschickt hatte, was bleibende Schäden für deren Ego nach sich ziehen würde (3 1/2 Minuten). Ich war jetzt genau in der richtigen Stimmung für Frau Maibach, holte einmal tief Luft und klopfte unangemeldet an die Tür ihres Büros.

Meine Strategie stand fest: Ich würde mit keinem Wort auf den Verlauf des gestrigen Abends eingehen (das einzige, was Frau Maibach wirklich interessierte), sondern als erstes die Frage stellen, inwieweit sie wußte, in was für einem erbarmungswürdigen Zustand sich meine Frau befand. Ich würde ihr vorwerfen, eine von Dreharbeiten, Reisestreß und sexuellen Übergriffen zermürbte Person zu zweifelhaften Rendezvous gedrängt zu haben. So könne sie mit einer angeblichen Freundin nicht umgehen! Ganz abgesehen davon, daß ich jetzt dastünde wie der Hinterletzte: ein Mann, der es nötig zu haben schien, sich wehrlose und zutiefst hilfsbedürftige Frauen zuführen zu lassen. Von daher verbäte ich mir in Zukunft jede Einmischung in mein nichtvorhandenes Privatleben. Ich wolle nie wieder an letzte Nacht erinnert werden und müsse ferner darauf bestehen, daß der Name meiner Frau in meiner Gegenwart mit keiner Silbe mehr erwähnt werde!

Hinter der Tür rief Frau Maibach »Moment«.

Ich hörte sie telefonieren, trat aber trotzdem ein. Sie hatte sich dicht über den Apparat gebeugt und ließ den Hörer fast übergangslos vom Ohr auf die Gabel gleiten. Dann richtete sie sich auf und strahlte mich an, was ich genauso ignorierte wie die luftige Geste, mit der sie mich aufforderte, Platz zu nehmen.

»Ich muß mit Ihnen reden«, sagte ich.

»Nicht nötig«, Frau Maibach strahlte wirklich über alle Maßen, »ich habe gerade mit ihr gesprochen. Sie schwärmt von Ihnen in den höchsten Tönen!«

Ich hatte keine Ahnung, was sie meinte.

»So einen umsichtigen, fürsorglichen, nein, warten Sie, ›zartfühlenden‹ Mann habe sie noch nie erlebt. Sie hat wortwörtlich ›zartfühlend‹ gesagt! Na, wie hört sich das an?«

Das durfte nicht wahr sein.

»Also, was auch immer Sie mit ihr angestellt haben, ich gratuliere, Volltreffer!«

Ich setzte mich nun doch.

»Sie müssen es mir natürlich nicht verraten, aber ein bißchen neugierig bin ich schon ...«

»Ja, aber ...« Hä?

»Jedenfalls ist sie ganz aus dem Häuschen und will Sie unbedingt wiedersehen.« Frau Maibach wirkte so aufgeräumt und zufrieden wie nach einem guten Geschäftsabschluß. »Nicht, daß ich daran gezweifelt hätte. Ich wußte gleich, daß Sie der Richtige für sie sind, und in solchen Dingen irre ich mich nie. Aber daß sie dermaßen Feuer und Flamme sein würde, das hätte selbst ich nicht gedacht!«

War sie jetzt vollkommen verrückt? Ich konnte es noch immer nicht fassen. »Ja, und, äh, was haben Sie zu ihr gesagt?«

»Na, die Wahrheit natürlich«, Frau Maibach stützte die Ellbogen auf und beugte sich wie im Vertrauen über ihren Schreibtisch, »ich habe ihr gesagt, daß Sie sie lieben.«

Was sollte das heißen, »ich liebe sie«? Und was, verdammt noch mal, hieß »zartfühlend«?

Natürlich »liebte« ich meine Frau. Doch ich hatte es so lange schon für mich behalten, daß ich gar keine Gegenliebe mehr verlangte. Und »zartfühlend«? Nun ja, danke für das Kompliment, aber es handelte sich um die Maibach-Version, von der man nur bedingt auf die Wirklichkeit schließen konnte. Agenten übertreiben bei guten Nachrichten und untertreiben bei schlechten, das gehört zu ihrem Job, denn sie haben mit Schauspielern zu tun, einem äußerst mißtrauischen und hochsensiblen Menschenschlag. Schauspieler ziehen bei Komplimenten fünfzig Prozent ab und schlagen bei Kritik, über den Daumen gepeilt, fünfzig Prozent drauf. (Natürlich behaupten die Schauspieler, ihnen bleibe nichts anderes übrig, weil die Agenten ständig über- oder untertrieben, wie auch immer.) Mit der Zeit hat sich das Draufschlagen und Abziehen von Wahrheitsprozenten branchenweit so eingebürgert wie Mehrwertsteuer und Trinkgeld bei der Spesenabrechnung. Wenn man einem Schauspieler sagt, »du warst fantastisch«, heißt das, er war in Ordnung. Wenn man ihm sagt, hier und da sei es »nicht ganz so optimal gelaufen«, heißt das, er war unterirdisch. Das Schlimmste allerdings, was man einem Schauspieler sagen kann, ist die Wahrheit. Wenn er wirklich gut war, und Sie sagen ihm das, fällt er aus allen Wolken. »Gut« bedeutet gar nichts. Mit anderen Worten: Was meine Frau in dem bewußten Telefonat wirklich über mich gesagt hatte, würde ich nie erfahren.

Damit will ich nicht behaupten, daß Frau Maibach log. Aber sie folgte ihrem Agenteninstinkt, und der verwandelte Wahrheit unweigerlich in das, was ihr Gesprächspartner hören wollte. Meine Frau dagegen war notorisch unverblümt. Man kann davon ausgehen, daß sie mein Verhalten, sagen wir, integer fand. Und bestimmt hatte sie auch nichts dagegen, mich wiederzusehen. Ich stand vermutlich in wohltuendem Kontrast zu den Traumschiffmachos und Schizomusikern, mit denen sie unlängst das Vergnügen hatte. So gesehen war Frau Maibach nicht weit von der Wahrheit entfernt. Im Vergleich zu meinem amoklaufenden Vorgänger machte ich durchaus einen umsichtigen, fürsorglichen Eindruck, und »zartfühlend« war ich auch, jedenfalls zartfühlender als irgendwelche Notstandsgrabscher, die mit heraushängender Zunge über das Deck eines Serienschiffes stolperten, aber das war keine Kunst. (Nicht auszudenken, was der zweite Kameramann mit meiner Frau gemacht hätte, wenn er in derselben Situation gewesen wäre wie ich. Falls er es nicht gewesen ist.)

Dennoch sahen wir uns wieder, meine Frau und ich, auch ohne fremde Mithilfe. Von nun an war sie es, die unsere Sache betrieb. Sie rief an und traf die Verabredungen. Sie bestimmte, wohin wir gingen, wie lange wir blieben und ob ich noch für einen Kaffee mit zu ihr hinaufkam. (Ich trank in ihrer Wohnung wirklich nur Kaffee, entkoffeiniert, und wenn sie müde wurde, verabschiedete ich mich.) Ich startete keinerlei Annäherungsversuche und reagierte mit Zurückhaltung, wenn sie im Eifer des Gefechts meine Hand ergriff oder den Arm um mich legte, während wir zusammen auf dem Sofa saßen. Ich reagierte im Grunde genommen gar nicht. Ich liebte sie mehr als sie mich.

Es war keine Berechnung, daß ich ihr die Initiative überließ, doch im nachhinein könnte man meinen, ich hätte genau das Richtige getan. Ich gab meiner Frau Zeit und setzte sie nicht unter Druck. Anders als alle anderen Männer vor und nach mir fiel ich nicht über sie her. Ich war wie willenlos ihr gegenüber. Diese starke, selbstbewußte Frau war kurz davor zu zerbrechen, das konnte man sehen, wenn man sie lange genug anschaute. Und sie fing an, mir zu vertrauen – in einer Situation, in der sie schon jegliches Zutrauen verloren zu haben schien.

Ich war vielleicht nicht »der Richtige« für sie, aber ich kam genau zur richtigen Zeit. Meine Frau hatte sich die Hörner abgestoßen. Sie hatte genug von schnellen Abenteuern und dem verschwenderischen Reiz des Neuen. Wenn sie überhaupt noch etwas suchte, dann war es Ruhe und Geborgenheit. Sie suchte einen sicheren Hafen. Was soviel heißt wie: Sie war reif für einen Mann, der nicht weh tat.

Es war gewissermaßen nur ein Provisorium, doch es wurde unsere schönste Zeit. Weder meine Frau noch ich machten uns größere Hoffnungen. Für sie war ich der Mann, auf den sie sich verlassen kann: solide, ansprechbar und anspruchslos. Ich war die Kaffeepause ihres Lebens. Und weil wir beide mehr oder weniger wußten, daß es bald vorbei sein würde, blieben wir ohne Komplikationen zusammen. Noch einen Monat. Noch ein Jahr. Es fehlte ein Grund, damit aufzuhören. Keine Kaffeepause hält ewig, doch sie kann länger dauern, als man denkt.

Die besten Jahre sind immer die, die man hinter sich hat.

Natürlich schliefen wir irgendwann miteinander. Eines Nachts – ich war nach dem Kino noch auf den üblichen Kaffee mit zu ihr hinaufgekommen – nahm sie mir ungefragt die Tasse aus der Hand. Wir sprachen gerade über Overacting im deutschen Autorenfilm, als sie mich mit einem Zungenkuß am Weiterreden hinderte. Ich war von ihrem Timing etwas überrascht, aber sie hatte den ersten Schritt getan, und ihr Wille war mir Befehl.

Anschließend lag ich die ganze Nacht wach. Es war ihr Bett, ihr Zimmer und die von uns beiden durcheinandergeatmete Luft, doch es war nicht mehr dasselbe. Von jetzt an gab es für mich kein Zurück.

Ich spürte, wie ihr Körper schwerer wurde unter dem Gewicht

der Dunkelheit und versank. Ihre Züge waren todernst jetzt, die Lippen maskenhaft streng. Sie zuckte ein paar Mal, als würde sie immer tiefer fallen in einen bodenlosen Traum. Dann war ich allein.

Sie war, weiß Gott, nicht meine erste Liebe. Wie jeder aufgeklärte Zeitgenosse hatte ich die einschlägigen Erfahrungen gesammelt und ebenso viele Illusionen verloren. Doch ihr gegenüber – neben ihr – fühlte ich mich beschämend keusch. Seit wir uns kennengelernt hatten, war sie für mich die einzige Frau. Doch ich behielt es für mich. Wenn sie erfahren hätte, wieviel sie mir bedeutete, hätte sie das unnötig erschreckt.

Ich hatte noch nie einen One-Night-Stand.

Unverwandt betrachtete ich den Lampion in ihrem Fenster, den ich von draußen so oft angestarrt hatte. Jetzt machte er das Bett bunt, in dem ich lag. Das Ticken ihrer Armbanduhr, die sie nicht ausgezogen hatte, wurde lauter und leiser. Es verschwand für eine unabzählbare Zeit in der Stille und tauchte tropfend wieder auf. Luft, die wir noch etliche Male atmen würden in dieser Nacht, legte sich wie ein hauchdünner Schleier auf mein Gesicht.

Ein dreiviertel Jahr war seit unserer ersten Begegnung vergangen. Es erschien mir fast ein bißchen kurz, um sich aneinander zu gewöhnen und so ohne weiteres Bett und Badezimmer miteinander zu teilen. Doch es war geradezu lächerlich lang, wenn es stimmte, daß meine Frau schon in den ersten zehn Sekunden unseres Kennenlernens entschieden hatte, daß sie mit mir schlafen würde.

5 IHR LIEBHABER

Es gab nur eine einzige Person, die davon überzeugt war, daß meine Frau und ich eine Zukunft hatten: Frau Maibach. Wo ich zweifelte, verbreitete sie Zuversicht. Wo ich vorsichtig und verschlossen blieb, war sie das Urvertrauen selbst. Meine Frau und ich wagten die ersten Schritte in ein gemeinsames Leben, zaghaft und fast ein bißchen unbeholfen. Aber Frau Maibach blühte förmlich auf. Sie war die Glücklichste von uns allen und schwebte wochenlang auf Wolken. Ich machte mir wirklich Sorgen um sie: Falls meine Frau und ich uns trennen sollten, wäre das sicher bitter für uns. Aber Frau Maibach würde es das Herz brechen.

Vielleicht hätte es mich von vornherein mißtrauisch machen sollen, daß wir ihr soviel verdankten. Ohne Frau Maibach wäre unsere Beziehung nie zustande gekommen. (Ich rede neuerdings auch wieder häufig von »Beziehung«, um mich mit diesem Wort zu demütigen.) Und nicht nur das. Wer weiß, ob wir die ersten Monate überstanden hätten, wenn sie nicht gewesen wäre. Doch Frau Maibach glaubte an uns und spendete dem »jungen Paar«, wo sie nur konnte, ihren Segen. Wenn ich es eilig hatte, aus einer Sitzung zu verschwinden, weil meine Frau auf mich wartete, lächelte sie begütigend und ließ mich gehen. Wenn sich etwas Unvorhergesehenes ereignete – ein Krankheitsfall, ein Schauspieler mit ästhetisch-moralischen Bauchschmerzen bei Drehbeginn –, kümmerte sie sich darum. Sie gab mir alle Freiheiten, die ich brauchte. Sogar meine Flüchtigkeitsfehler bei ein, zwei Vertragsabschlüssen bügelte sie aus, ohne es mir vorzuhalten. Sie freute sich für uns, das war alles. Manchmal, wenn ich nach einem solchen Tag neben meiner Frau im Kino oder im Theater saß, fragte ich mich, in wessen Traum wir eigentlich lebten. Und ich fing unwillkürlich an, mich nach Frau Maibach umzuschauen. Ich wurde das Gefühl nicht los, daß sie in irgendeiner Loge thronte und uns voller Wohlwollen zusah.

Frau Maibach war in uns verliebt, in ihre Idee von uns, soviel stand fest. Was meine Frau anging, war ich mir nicht so sicher. Ich wußte nicht, woher ihre Gefühle für mich auf einmal gekommen waren und wie schnell sie wieder verschwinden würden. Doch ich wollte es auch nicht wissen. Ich kreuzte nie unangemeldet bei ihr auf, um sie nicht zufällig mit einem anderen Mann zu überraschen. Auch später, als wir zusammenwohnten, hielt ich mich strikt an meinen Stundenplan. Wenn mich Frau Maibach etwas früher nach Hause schickte, trank ich im Café schräg gegenüber einen Pfefferminztee, bis es Zeit war. Dauerte eine Geschäftsreise nicht so lange wie erwartet, ging ich zuerst ins Büro. Ich staunte jedesmal, wenn ich nach Hause kam und die Schränke nicht leergeräumt fand. Es roch im Flur nach ihrem Duft, ihr Mantel hing in der Garderobe, alle Schuhe standen an ihrem Platz. Sie war nicht abgehauen, sie hatte keinen Männerbesuch, sie saß einfach da, las oder sah fern und wartete auf mich oder den Schlaf. Ich hörte nicht auf, mich zu wundern.

Dann und wann wollte meine Frau mit mir reden, aber sie sagte nicht, daß sie Zeit brauche und eine Weile allein sein müsse, um in Ruhe über sich nachzudenken. Wir sprachen über ihre Freundinnen und deren Probleme, über berufliche Dinge, falsche Versprechungen von Regisseuren und die jüngsten Vorfälle am Set. Wir machten uns Gedanken über die Anschaffung einer neuen Wohnzimmergarnitur, über die Heizkostenabrechnung und unseren Urlaub, aber sie beklagte sich nicht. Sie warf mir nicht vor, keine Abwechslung in ihr Leben zu bringen, nicht spontan genug zu sein und zu wenig leidenschaftlich – dabei hätte ich ihr auf der ganzen Linie recht gegeben. Doch sie schien nichts zu vermissen.

Wir redeten manchmal die halbe Nacht, ich mochte die samtige Heiserkeit ihrer Stimme im Dunkeln, aber wir stritten uns nie. Es lag auch am nächsten Morgen kein Abschiedsbrief von ihr in der Post, und auf dem Anrufbeantworter waren nur Nachrichten wie daß ich doch bitte daran denken möge, den Müll auf die Straße zu stellen. Daß sie mich verlassen werde, vergaß sie vielleicht zu erwähnen.

Ich hatte nie das Gefühl, meine Frau zu besitzen, ich habe mich auch nicht an unser Glück gewöhnt. Nichts an ihr war für mich selbstverständlich. Wäre es ihr recht gewesen, hätte ich mein ganzes Leben mit ihr verbracht. Wenn sie zwischen zwei Drehs auf dem Balkon ein paar Pflanzen hochpäppelte oder die Geranienkästen unserer Vormieter entsorgte, war ich kurz davor zu glauben, es könnte vielleicht immer so bleiben. Aber es wäre mir nie in den Sinn gekommen, Anspruch darauf zu erheben.

Ich hielt mich keineswegs für den Einzigen. Daß ich meiner Frau auf Dauer nicht genügen würde, war mir von Anfang an klar. Für sie hatte es immer schon andere Männer gegeben, und daran würde sich auch durch mich nichts ändern. Schließlich konnte ich nicht von ihr verlangen, daß sie mit geschlossenen Augen durch die Welt spazierte. Ich mißtraute ihr nicht, ich spionierte ihr nicht nach, ich ging ganz einfach davon aus.

Es war leichter für mich, wenn sie im Ausland drehte oder weitab vom Schuß und wir nur gelegentlich telefonierten. Ich machte mir keine Illusionen über ihr Leben ohne mich, über das Vorher und Nachher mit dem Team, aber ich legte auch keinen Wert darauf, es hautnah mitzubekommen. Wir telefonierten zu verabredeten Zeiten – natürlich rief ich nie außer der Ordnung an –, aber selbst dann war es zuweilen schwierig, und ich erreichte niemand. Mal lag es an einem verzögerten Drehbeginn oder an einer endlos wiederholten Einstellung, mal spielte das Wetter nicht mit. Doch ich fragte nie nach, ich wollte sie nicht in Verlegenheit bringen.

Nicht, daß es mich kaltgelassen hätte, im Gegenteil. Ich machte mir Sorgen wie verrückt, wenn sie nicht ans Telefon ging und sich halbe Tage oder Nächte lang nicht meldete. Ich wäre sofort ins Auto gesprungen und zu ihr gefahren, wenn sie einen Unfall gehabt hätte oder sonstwie in Schwierigkeiten gewesen wäre. Aber das betraf nur wirkliche Katastrophen. Auf einen »Seitensprung« war ich vorbereitet. Ich hätte es nicht einmal als Betrug empfunden, sondern als Bestätigung.

Natürlich registrierte ich, wie Frau Maibach mich anschaute, wenn wir in einer Filmpremiere saßen und meine Frau auf der Leinwand mit einem anderen Mann herumknutschte. Ich bekam mit, wie die Agentenkollegen in meinem Rücken tuschelten und feixten, wenn sie eine Sexszene hatte – das blieb bei ihrem Rollenfach nicht aus. Die Kommentare, die ich mir hinterher im Foyer anhören mußte, wiederholten sich. Aber das machte mir nichts aus. Ich kannte die Drehbücher und Besetzungen. Ich hatte ihren Text abgehört. Ich wußte, was meine Frau spielen würde, welchen Blick man von ihr erwartete, wenn sie »verführerisch« sein sollte, und wie sie aussah, wenn sie den Kopf vor Ekstase in den Nacken warf. Ich war nicht eifersüchtig, ich versuchte wenigstens, es nicht zu sein.

Frau Maibach und meinen Kollegen war klar, daß ein Filmkuß so ziemlich das Unerotischste ist, was es gibt, zumindest für alle Beteiligten (von Sexszenen ganz zu schweigen, die sind Schwerstarbeit). Filmküsse müssen nicht schön sein, sie müssen schön aussehen, und damit es so wirkt, wird peinlich genau auf Anschlüsse geachtet, am Licht herumgeschraubt, abgepudert und nachfrisiert. Die Gier der Liebenden beim Zungenkuß ist Zelluloid. In Wirklichkeit sind die wechselseitigen Kopfbewegungen mit Lippenkontakt ein Kampf zweier Schauspieler gegeneinander, bei dem es darum geht, wer besser im Bild ist und nicht von der Nase des anderen verdeckt wird. Und so ist es im Grunde mit allem. Nach anderthalb Tagen am Set kennt man sämtliche Eitelkeiten und Neurosen seines Filmpartners und kann froh sein, daß es einen Regisseur gibt, der die Akteure davon abhält, sich gegenseitig umzubringen. Nur die Regenbogenpresse vermutet hinter jedem Filmkuß ein Geheimnis. Tatsächlich ist die Gefahr, daß sich zwei Schauspieler bei der Arbeit verlieben, geringer als in jeder anderen Branche. Natürlich bleibt ein gewisses Restrisiko, wie immer, wenn Mann und Frau aufeinandertreffen. Doch wenn sie sich am Set kennen und lieben lernen, dann geschieht dies nicht wegen, sondern trotz der Dreharbeiten. Frau Maibach und die Kollegen wußten das, wie gesagt. Aber das war nicht der Grund, warum sie so guckten. Es ging ihnen nicht um meine Frau. Sie wollten sehen, wie sicher ich mir war. Und ich schaffte es, mir nicht den Schatten eines Zweifels anmerken zu lassen. Denn ich war mir sicher: nicht, daß meine Frau so etwas nicht tat, sondern daß sie es irgendwann tun würde.

Ich tippte allerdings nicht auf einen Schauspielerkollegen. Zum einen, weil sich jeder noch so unwiderstehliche Frauenschwarm bei den Dreharbeiten schon nach wenigen Minuten selbst entzauberte, zum anderen, weil meine Frau am Set ihrerseits ziemlich verkrampft und unnatürlich wirkte. Es war sehr schwer für sie, an ihre großen Zeiten als Kinderstar anzuknüpfen, in denen sie sämtliche Kollegen auf drollig unbekümmerte Weise an die Wand gespielt hatte. Und es wurde auch dadurch nicht leichter, daß sie jetzt mit dem Gefühl vor der Kamera stand, von sich selbst als Elfjähriger in den Schatten gestellt zu werden. Bei der Arbeit hatte sie genügend Probleme mit sich, da brauchte sie nicht auch noch einen Liebhaber.

Wenn ich scharf darauf gewesen wäre, meine Frau in flagranti zu erwischen, dann hätte ich es zuallerletzt am Set versucht. Eher auf einer der zahlreichen Feten. Ein Dreh ist kein Betriebsausflug, sondern ein mit dem Wort »Krieg« nur unzureichend beschriebener Ausnahmezustand, soll heißen, es geht dort die meiste Zeit nicht sonderlich lustig zu. Trotzdem ließ es sich nicht vermeiden, daß ab und zu jemand Geburtstag hatte, irgendein Jubiläum feierte oder gerade Vater geworden war. Es wurden Bergfeste veranstaltet, wenn die Produktion die Hälfte des Weges hinter sich hatte, und Abschlußpartys, wenn abgedreht war. Das hatte mit Vergnügen nichts zu tun, es gehörte einfach zur Sozialhygiene.

Ich tippte auf einen Partyflirt. Beim Feiern war meine Frau in ihrem Element und lief als Kantinenschauspielerin zu Hochform auf. Ich brauchte keine Phantasie, um mir das vorzustellen, ich hatte es oft genug erlebt. Es war nicht leicht, sich ihr zu entziehen, wenn sie einmal loslegte. In Gesellschaft bildete sie stets so etwas wie den natürlichen Mittelpunkt. Und die Gedanken sämtlicher Männer kreisten um sie.

Aber was genau hieß »in flagranti« auf Feten, die einem einzigen kollektiven Vorspiel glichen? Engtanz, Küßchen, Umarmungen, wo ich auch hinschaute. Es hatte gar keinen Sinn, eifersüchtig zu werden. Ich hätte nicht einmal gewußt, auf wen. Wenn meine Frau feierte, war Karneval. Sie machte keinen Unterschied zwischen schön oder häßlich, wichtig oder unter »ferner liefen«. Sie amüsierte sich überhaupt. Es gab niemanden, mit dem sie nicht gelacht oder getanzt hätte. Es gab auch keine Grenze zwischen Flirt und Freundlichkeit. Sie lebte auf, und wer in ihre Nähe kam, den riß sie mit: den Marokkaner vom Pizzaservice genauso wie den Special-Effects-Mann ohne Augenbrauen, den rückenkranken Kabelträger links und rechts den Star der Produktion, vorausgesetzt, er hielt sich nicht für etwas Besseres und gab in seinem Wohnwagen langweilige Interviews.

Ich mochte das oder versuchte zumindest, es zu mögen. Es wäre kleinlich gewesen, in solchen Momenten an sich zu denken. Ich wäre mir armselig vorgekommen. Ich kam mir armselig vor. Aber ich gab mir Mühe.

Unterdessen geizte meine Frau nicht mit sich und ihren Reizen. Sie gefiel, und es machte ihr Spaß zu gefallen. In solchen Augenblicken gehörte sie niemand. Sie war glücklich, und es war ein Glück, ihr zuzusehen, wenn man nicht gerade das Pech hatte, ihr Mann zu sein. (Ich war nur froh, daß Frau Maibach mich so nicht sah. Wenn sie mit eingeladen war, ging ich nicht hin.)

Ich hatte mir noch nie viel aus Partys gemacht. Doch allmählich entwickelten sie sich zu Endlosschleifen des Grauens. Schon Nächte im voraus plagten mich Alpträume. Im halbwachen Zustand brütete ich über Ausreden und Grippesymptomen, die ich unterdrückte, um nicht als Spielverderber dazustehen. Wenn es dann unwiderruflich soweit war, duckte ich mich im Windschatten meiner Frau an den Türstehern vorbei und tauchte ein in die immergleiche Mischung von Stimmengewirr und stampfender Musik.

Ich versuchte nicht nur, nicht eifersüchtig zu sein, ich versuchte sogar, mich ihr zuliebe zu amüsieren.

Nach dem anfänglichen Gehörschock orientierte ich mich prophylaktisch an dem Dreieck Tresen-Toilette-Fluchtweg, während sich meine Frau in die ersten Umarmungen stürzte. Eine Weile blieb ich halbwegs in Tuchfühlung mit ihr und nickte auf Verdacht diesem oder jenem Gala-Gesicht zu, ohne irgendwelche Aha-Effekte auszulösen. Dann schoben sich die Rücken zusammen, und meine Frau verschwand im Getümmel. Nur gelegentlich hörte ich sie lachen und entdeckte ihren blonden Schopf zwischen wippenden Haarteilen, ausgestreckten Armen und kreisenden Tabletts.

Ich fing Gespräche mit Leuten an, mit denen ich unter normalen Umständen kein Wort gewechselt hätte. Ihre Antworten waren aufgrund der lauten Musik nur bruchstückhaft zu verstehen und gaben mir noch Stunden später Rätsel auf. Ich stand in dritter Reihe am restlos überfüllten Tresen und erbettelte durch unverzagte Zwischenrufe zu guter Letzt ein Bier, dessen Schaumkrone so zerfallen war, als hätte jemand reingeniest. Ich schlug die Zeit tot, indem ich auf einen Monitor starrte, über den tonlos die allerneuesten Musikvideos flimmerten, die derartig schnell geschnitten waren, daß ich nach dem vierten Bier nur bunten Brei vor Augen hatte. Angetrunkene Frauen, die mich für einen Single hielten, zerrten mich aus meiner Ecke auf die Tanzfläche und torkelten so lange vor mir herum, bis es irgendwann auch keine Rolle mehr spielte, ob ich nun da war oder nicht. Nur Frau Maibach ließ sich gottlob nirgendwo blicken, um diesen Reigen des Entsetzens abzurunden. Doch das war auch nicht nötig. Ich war mir meiner Lächerlichkeit voll bewußt.

Durch militanten Ellbogeneinsatz und laute »Sorry«-Rufe schaffte ich es, bis auf Sichtweite zu meiner Frau vorzudringen. Sie stand inmitten einer Gruppe japanischer Filmstudenten und plauderte mit einem Raybans tragenden Talkshow-Idol. Über mehrere Köpfe hinweg signalisierte ich ihr, daß ich gehen wollte. Doch sie mißverstand meine Geste und bestellte bei mir noch ein Bier.

Mehr benommen als berauscht taumelte ich auf die Straße und fand auf Umwegen nach Hause, wo ich mich ins Bett legte, ohne schlafen zu können. Unverwandt starrte ich die Digitalanzeige meines Radioweckers an und wartete darauf, daß es Tag wurde oder meine Frau nach Hause kam oder das alles irgendwann irgendwie endlich vorbei sein würde. So konnte es nicht weitergehen. Weder auf der Party noch zu Hause hielt ich es länger aus. Ich wollte sterben. Also ging ich ins Büro.

Anfangs war es ein bißchen ungewohnt, um vier Uhr morgens in der Agentur. Aber es war ruhig hier. Das Telefon klingelte nicht. Ich kam zu Dingen, und die Zeit verging.

Gelegentlich schweiften meine Gedanken noch ab. Ich dachte an meine Frau und daran, was sie jetzt wohl gerade machte. Ich ertappte mich dabei, wie ich der einen oder anderen Erinnerung nachhing: sie, Brüderschaft trinkend mit einem portugiesischen Standbildfotografen, sie mit Salz auf dem Handrücken und Tequila im Anschlag, halb lachend, halb mit verzogenem Gesicht, sie, wie sie den Paparazzi zuprostet und ein Glas Sekt hinunterstürzt, umringt von vier Musikern mit Siebziger-Jahre-Klamotten und identischen Frisuren. Es waren dieselben Bilder wie beim Blick auf die Digitalanzeige meines Radioweckers um drei Uhr fünfunddreißig, und ich hätte gerne irgend etwas dagegen getan, aber was? Ich konnte meine Frau weder beschützen noch sonstwie den Helden spielen. Es wurde auch gar nicht verlangt. Alles, was von mir erwartet wurde, war, daß ich stillhielt. Wenn ich mich zusammenriß und meine Arbeit machte, kamen die Bilder nicht so oft.

Die Halogenleuchte über meinem Schreibtisch half, desgleichen das Neonlicht an der Decke und die schwarzen Buchstaben auf weißem Papier. Die Nacht stand in den Fenstern. Es war so still, daß ich meinen Puls hören konnte. Manches mußte ich mehrmals lesen. Wenn ich die Seiten umschlug, brach die Stille ein. Zuweilen wurden die Schluckgeräusche und das Sausen meines Kreislaufs in den Ohren übermächtig. Dann telefonierte ich mit unserem Subvertreter in L.A., der gerade einen Happen zu Abend aß und auf dem Sprung zur nächsten Party war. Ich baute unsere Hollywood-Kontakte in dieser Zeit beträchtlich aus.

Es kam mir zugute, daß ich so lange unglücklich verliebt war. Ich hatte Erfahrung mit vergeblichen Gefühlen. Es machte mir nichts aus, aufs Feiern zu verzichten. (Schließlich verzichtete ich nur auf ein Vergnügen, das ich ohnehin nicht hatte.) Ich wäre vermutlich ein guter Mönch gewesen und hätte zwischen Gott und der Welt vermitteln können, statt dessen vermittelte ich Schauspieler.

Dennoch schaffte ich es, mir einzureden, daß es einen Sinn hatte, was ich tat. Es gab Wichtigeres im Leben als die Frage, wer mit wem flirtete, wie viel trank und sich auf welche Weise daneben benahm, bevor er endgültig vom Stuhl fiel oder mit dem Kinn auf der Klobrille einschlief. Es gab genügend andere Dinge zu tun. Ich wollte immer noch sterben, lieber jetzt als gleich, aber ich fing an zu arbeiten und kam gut voran.

Zu den nächsten Feten ging ich gar nicht erst. Ich hatte mir mehrere wasserdichte Entschuldigungen zurechtgelegt (anderweitige Verpflichtungen). Manchmal behauptete ich auch, ich müsse am nächsten Morgen früh raus (auf diese Weise würde meine Frau sich nicht wundern, wenn sie um fünf oder halb sechs nach Hause kam und mich nicht antraf). Doch so genau wollte das niemand wissen, auch sie nicht. Zwar hatte ich nicht den Eindruck, auf den Partys bisher ein Klotz am Bein gewesen zu sein, doch möglicherweise fühlte meine Frau sich freier ohne mich. Jedenfalls bohrte sie nicht weiter nach. Und nachdem ich ein paar Mal nicht mitgekommen war, fragte sie schließlich gar nicht mehr.

Ich nutzte die Zeit. Kaum war sie aus dem Haus, packte ich meine Sachen, fuhr ins Büro und legte eine Nachtschicht ein. Das war immer noch besser, als nicht schlafen zu können. Ich belegte einen Fernkurs in Vertragsrecht, arbeitete die komplizierteren Fälle noch einmal durch und verbesserte meine Englischkenntnisse, indem ich sämtliche Casting-Agenten an der Westküste anrief, deren Nummern mir unser Subvertreter in L.A. gegeben hatte. Das Timing war optimal. In Hollywood war später Nachmittag, wolkenloser Himmel bei siebenundzwanzig Grad im Schatten, und die meisten hatten ein, zwei Stunden bis zum Dinner zu überbrücken. An meine Frau dachte ich fast gar nicht mehr.

Mit der Zeit wurde ich regelrecht süchtig nach der Klarheit, Nüchternheit und Eindeutigkeit meiner Arbeit. Gegen zwei, halb drei hatte ich einen ersten toten Punkt und dann noch einmal kurz vor Sonnenaufgang, bevor der Himmel heller wurde. Doch um wach zu bleiben, genügte ein simpler Trick. Ich brauchte mir nur vorzustellen, wie ich statt dessen in einer Kneipe saß und mir von irgendwelchen Notbekanntschaften unartikulierte Halbsätze ins Ohr brüllen ließ, während meine Frau mit zwei beschwipsten Kostümassistentinnen Sirtaki tanzte. Ich brauchte mir nur vorzustellen, wie ich statt dessen zu Hause auf sie wartete und meinen Radiowecker anstarrte, bis er losdudelte, ohne daß das Warten damit ein Ende hatte. Ich brauchte nur an die Alternativen zu denken, um zu sehen, daß es keine gab.

Wenn gegen sieben das Reinigungspersonal kam, hatte ich meistens schon Kaffee gekocht. Ich wechselte noch ein paar freundliche Worte mit der fülligen, amselförmigen Putzfrau aus Jamaika oder ihrer bleichen türkischen Vertretung, der die Haare auf immergleiche Weise an der wächsernen Stirn klebten. Dann fuhr ich nach Hause, um zu duschen, mich umzuziehen und ein bißchen was zu frühstücken, bevor der Tag begann. Es war alles in Ordnung, alles ganz leicht, bis auf die bangen letzten Meter vom Wagen zu unserer Wohnungstür. Für Sekunden waren sämtliche Fragen wieder da: Wie weit war sie diesmal gegangen? Was erwartete mich? War sie überhaupt nach Hause gekommen heute nacht, und wenn ja, wann und wie?

Meine Frau war der einzige Unsicherheitsfaktor in meinem Leben. Während ich frühmorgens vor der Tür stand, wünschte ich manchmal, es wäre nicht so. Ich machte mir Vorwürfe, sie in Nächten wie diesen alleine gelassen zu haben. Ich fand es auf einmal falsch, nicht für sie dazusein, wenn sie nach Hause kam. Ich zückte den Schlüssel und hielt es für meine Pflicht, auf sie aufzupassen und sie zu beschützen, falls sie selbst nicht mehr dazu in der Lage war. Aber dann: Sie hätte sich vermutlich nur von mir kontrolliert gefühlt. Ich wäre der Tugendwächter am Tresen gewesen und die Spaßbremse, die auf die Uhr schaute, wann sie nach Hause kam. Das wollte ich nicht. Es hatte auch gar keinen

Zweck. Meine Frau war die Sollbruchstelle meiner kleinen, halbwegs heilen Welt. Sie konnte jederzeit dem Mann begegnen, auf den sie schon immer gewartet hatte (jedenfalls länger als auf mich). Selbst wenn ich ihr nicht von der Seite gewichen wäre, hätte ich das nicht verhindern können, ich hätte es nur schneller erfahren. Ich schloß die Tür auf und trat in den Flur.

Instinktiv suchte ich nach Anhaltspunkten, nach in die Ecke gekickten Pumps, fallen gelassenen Schlüsseln oder einer auf der Suche nach Verhütungsmitteln ausgekippten Handtasche. Es war stärker als ich. Der uralte Spurenleser in mir kam durch und wollte haargenau wissen, wie sie die Nacht verbracht hatte und vor allem, mit wem? Ich war auf einmal hellwach und witterte mit werwolfartig geschärften Sinnen die Duftspuren fremder Aftershaves im Kneipengeruch ihrer Kleidung, rasterte meine Wohnung auf mögliche Fährten wie den Herrenschuh vor der Schlafzimmertür und die Krawatte über der Klinke. Ich konnte nichts dagegen tun. Ich konnte nur versuchen, auf alles gefaßt zu sein, auf den anderen Mann in meinem Revier oder darauf, daß sie ihre Koffer gepackt und mich verlassen hatte. Doch meistens schlief meine Frau friedlich und diagonal in unserem Bett.

Ich zog die Vorhänge weiter zu, damit das Tageslicht sie nicht weckte. Ich stellte ihr ein Glas Wasser auf den Nachttisch für den Fall, daß sie Durst bekam. Ich achtete darauf, daß sie gut zugedeckt war, und gab ihr einen Kuß auf die Stirn. Dabei roch ich den kalten Rauch in ihrem Haar und den hochprozentigen Alkohol in ihrem Atem, doch ich vermied es, irgendwelche Schlüsse daraus zu ziehen. Wenn es schlimm war, stellte ich ein Fenster schräg.

An einem solchen Morgen gab es keine Eile. Wer nicht schläft, hat erstaunlich viel Zeit. Ich machte Frühstück für uns beide und füllte den Kaffee in eine Thermoskanne. Es entging mir nicht, daß sie vorm Ins-Bett-Gehen noch einmal am Kühlschrank gewesen war und einen Teller zerbrochen hatte, aber ich maß dem keine weitere Bedeutung bei. Der Unterrock und die Bluse, die im Badezimmer auf dem Boden lagen, tat ich in die Wäsche. Ich sah sie mir nicht näher an. Ich frühstückte und las ein bißchen Zeitung, dann machte ich mich auf den Weg. Wenn ich nachmittags aus dem Büro zurückkam, war meine Frau meistens schon aufgestanden. Und alles war wie immer.

Doch es gab auch Überraschungen. Einmal schlief eine auf Pygmäengröße zusammengekrümmte Freundin von ihr auf der Couch. Ich entdeckte sie erst, als ich mich schon zum Frühstück hinsetzen wollte. (Der Werwolf hatte zwar ein paar verdächtige Damenschuhe im Flur aufgespürt, die viel zu klein aussahen, aber in Schuhen kennen sich Werwölfe nicht so aus.) Sie trug meinen Schlafanzug, in dem sie noch winziger wirkte, und machte selbst mit geschlossenen Augen keinen entspannten, knitterfreien Eindruck. Aber sie hatte einen festen Schlaf. Ich faltete die Zeitung wieder zusammen, schmierte mir in der Küche ein Butterbrot und packte es ein. Am Kühlschrank hinterließ ich einen Zettel, daß ich gegen fünf zurück sein würde, und holte eine Kiste Mineralwasser aus dem Keller. Als ich wieder nach Hause kam, hing der Zettel immer noch an Ort und Stelle, aber die Freundin war verschwunden. Ich fragte nicht weiter nach.

Beim Abendessen erklärte mir meine Frau schließlich, ihre Freundin hätte auf der Feier gestern Streit gehabt wegen des Babysitters und einer angeblichen Knutscherei, wie auch immer. Jedenfalls sei sie nicht pünktlich zu Hause gewesen, woraufhin ihr Mann die Party gestürmt habe, um ihr vor allen Gästen eine Szene zu machen. Ich könne mir das gar nicht vorstellen. Er sei völlig ausgerastet, habe eine Spiegelwand zertrümmert und sie angeschrien, sie brauche gar nicht mehr zurückzukommen, und all das nur wegen anderthalb Stunden! Dabei seien sie früher bis in die Puppen zusammen unterwegs gewesen.

Ich fand das gleichfalls übertrieben und hatte natürlich

nichts dagegen, daß meine Schlafanzüge, da ich sie momentan nicht brauchte, von anderen genutzt wurden. Doch ich hielt mich mit Kommentaren zurück, schließlich war die Situation ihrer Freundin nicht mit unserer vergleichbar. Wir genossen sämtliche Freiheiten, sie hingegen war verheiratet und hatte zwei Kinder. Wir konnten nach Belieben zusammen- und wieder auseinanderziehen, sie und ihr Mann aber hatten gebaut. Wahrscheinlich ging er davon aus, daß ihre Ehe bindend war. In solchen Fällen neigen Männer zur Eifersucht. Das konnte für die betreffende Partnerin unter Umständen sehr unangenehm sein. Ihr Name war Elisabeth, doch meine Frau nannte sie unentwegt Ella. Sie kam noch zweimal zum Kaffee und blieb über Nacht. Dann renkte sich die Sache wieder ein.

Zum Glück gibt es immer jemanden, der noch eifersüchtiger ist.

Ein Alptraum wurde wahr, als ich eines Morgens nach Hause kam und die Tür aufschloß: Ein Mann stand in unserem Flur. (Kein Herrenschuh, keine Krawatte, sondern gleich der ganze Kerl – von so viel Offensichtlichkeit war selbst der Werwolf überrascht.) Es ist etwas völlig anderes, ob man mit einer Situation rechnet oder ob man sie tatsächlich erlebt. Im ersten Moment hielt ich ihn für den schizophrenen Ex-Freund meiner Frau, der sich längst wieder auf freiem Fuß befand – ich überlegte fieberhaft, wie ich ihn in ein Gespräch über Musik verwickeln und gleichzeitig die Polizei rufen konnte. Doch wie sich herausstellte, hieß er Dietmar, und ich hatte seinen neuesten Film gesehen. Er war ein Schauspielerkollege meiner Frau, ein sehr netter Kerl und obendrein homosexuell. Dafür bekommt man nach ein paar Jahren in der Branche einen Blick.

Dietmar hatte meine Frau nach Hause gebracht, weil sie sich »nicht wohl fühlte«, wie er sagte. Tatsächlich hatte sie sich voller Inbrunst erbrochen und sogar das Kopfkissen mit Gallefäden überzogen. Er habe sie in diesem Zustand nicht alleine lassen wollen, erklärte er die Sauerei und seine Anwesenheit. Dafür dankte ich ihm. Dietmar war wirklich sehr nett und zuvorkommend. Auch für ihn ging eine lange Nacht zu Ende, und er hatte sicher etwas Besseres vorgehabt, als meiner Frau beim Kotzen den Kopf zu halten. Es war nicht zuletzt seine Party.

Wir leerten in stillem Einverständnis den Eimer neben dem Bett und präparierten ein paar Wadenwickel sowie kalte Umschläge. Gelegentlich stieß meine Frau einen herzzerreißend tiefen Seufzer aus, ansonsten atmete sie unhörbar leise oder auch gar nicht. Ich überlegte, ob wir sie nicht wegen Alkoholvergiftung ins Krankenhaus bringen sollten. Doch ihre wichtigsten Körperfunktionen schienen ihr den Dienst nicht länger zu versagen. Sie konnte liegen. Sie schlief. Sorgfältig wischte ich ihr den Mund und die Haarspitzen ab. Dietmar lüftete, als könnte er Gedanken lesen. Wir kamen zu dem Schluß, daß sie es höchstwahrscheinlich überleben würde, und frühstückten zusammen. Dann rief ich im Büro an, das ich erst vor einer knappen Stunde verlassen hatte, und gab Bescheid, daß ich ein bißchen später kommen würde. Dietmar blieb noch den halben Vormittag, dann holte sein Freund ihn ab.

Es ist unmöglich, mit meiner Frau zusammenzuleben und keine interessanten Leute kennenzulernen.

Als sie aus eigener Kraft wieder Kamillentee trinken und aufs Klo gehen konnte, fuhr ich noch einmal in die Agentur, um nach dem Rechten zu sehen. Unterwegs machte ich abwechselnd ihr und mir Vorwürfe: Was, wenn sich Dietmar nicht um sie gekümmert hätte? Was, wenn es ein, zwei Gläschen mehr geworden wären? Aber dann: Wenn ich versucht hätte, sie daran zu hindern, hätte sie vermutlich nur noch mehr getrunken. Und wenn ich als ihr Mann angeboten hätte, sie vorzeitig von der Party nach Hause zu bringen, hätte sie sich mit Sicherheit dagegen gesträubt. Ich konnte es drehen und wenden, wie ich wollte, immer stand Freiheit gegen Fürsorge, immer wirkte Kümmern wie Kontrolle. Doch meine Frau fegte das Dilemma mit einer einfachen Erklärung vom Tisch: Es täte ihr leid, aber sie hätte an dem Abend solchen Durst gehabt. – Mehr gab es aus ihrer Sicht nicht dazu zu sagen.

Während Ella lediglich alle zwei, drei Wochen vorbeikam, und auch nur dann, wenn sie Probleme mit ihrem Mann hatte, entwickelte sich zwischen Dietmar, meiner Frau und mir eine wirkliche Freundschaft. Sie überlegte sogar, zusammen mit ihm und seinem Lebensgefährten in den Urlaub zu fahren – ein Gedanke, für den ich mich nicht sonderlich erwärmen konnte.

Es wäre natürlich trotzdem so gekommen, wenn Dietmar nicht kurz vor unserer Abreise von seinem Freund verlassen worden wäre, ein Schicksalsschlag, der zur Folge hatte, daß wir aus Solidarität gar keinen Urlaub machten. Statt dessen sah ich meine Frau nur noch selten, weil sie mit Dietmar durch die Kneipen zog, um Trauerarbeit zu leisten und ihm zu helfen, andere Männer kennenzulernen. In dieser turbulenten Phase war die Wohnung manchmal leer, wenn ich morgens aus dem Büro kam. Der Einfachheit halber schlief meine Frau bei Dietmar. Sie kümmerte sich wie eine Schwester um ihn, und er beschützte sie wie ein Bruder. Ich war nicht eifersüchtig, damals, ich hatte es im Griff, aber ich arbeitete viel.

Ich dachte nicht wirklich an Karriere, ich wollte nur nicht ständig an meine Frau denken.

Natürlich blieb mein geisterhafter Fleiß nicht unbemerkt. Frau Maibach war entzückt. Ich erledigte jeden Auftrag mehr als fristgerecht. Bei schwierigen Verhandlungen war ich bestens vorbereitet und konnte mit Detailinformationen glänzen. Sogar mein telefonisches Engagement an der Westküste Kaliforniens trug bescheidene Früchte: Es wurden neuerdings vermehrt blonde, blauäugige Bösewichte bei uns angefragt. Ich war auf dem besten Wege, mir als Agent einen Namen zu machen, aber ich mochte mich nicht. Wenn ich mir nachts im Neonlicht auf der Toilette begegnete, sah ich im Spiegel genau den Klassenbesten, der ich nie sein wollte. Ich sah keinen Held der Arbeit, sondern eine Raucherecken-Niete. Es gab auch keinen Grund, besonders stolz auf mich zu sein. Jeder Vollidiot hätte bei einer solchen Zahl von Überstunden irgend etwas zustande gebracht.

Ich bin mir nicht sicher, ob Frau Maibach über meine Nachtschichten im Bilde war. Wenigstens bemühte ich mich um Diskretion und hinterließ die Agentur stets so, wie ich sie vorgefunden hatte. (Ein Reiz bei der Sache war das Heinzelmännchen-Gefühl, nachts heimlich im Büro zu sitzen und das Ungetane zu tun, während ringsum alles schlief oder zumindest schlafen sollte.) Doch selbst wenn Frau Maibach etwas spitzgekriegt hatte, über den vollen Umfang meines Bürodoppellebens wußte sie wohl kaum Bescheid, sonst hätte sie sich Sorgen gemacht. Statt dessen kam sie zu dem Schluß, es könne nur die Liebe sein, die mich derart beflügelte und mir die Kraft zu ungeahnten Leistungen verlieh. Womit sie nicht ganz unrecht hatte. Ohne meine Frau wäre ich nie dahin gekommen, wo ich heute bin.

Der Erfolg blieb nicht aus. Es waren kleine Schritte auf der Karriereleiter, wenn man bedenkt, wieviel Zeit ich dafür opferte (ohne daß ich etwas Besseres zu tun gehabt hätte). Aber es schien voranzugehen, und da niemand wußte, wie mein bescheidener Aufstieg zustande kam, sprach man sogar von Begabung und Glück, was überhaupt nicht zu mir paßte.

Ich merkte, daß irgend etwas im Busche war, als meine Frau und Frau Maibach wieder häufiger telefonierten. Der Kontakt zwischen ihnen war zwar nie abgerissen, doch sie bemühten sich normalerweise nicht, ihre Gespräche vor mir geheimzuhalten, sondern plauderten ganz offen über mich, meinen Appetit, meine Kleidung und Verdauungsstörungen. Jetzt riefen sie sich ständig gegenseitig an und wechselten jedesmal abrupt das Thema, wenn ich ins Zimmer kam.

Hellhörig wurde ich, als meine Frau mich völlig unvermittelt fragte, wie viele ›gute Freunde‹ ich hätte, von denen sie nichts wisse. Es war einer der seltenen Abende, an denen wir beide nichts vorhatten – Dietmar ging vorläufig eigene Wege –, und ich freute mich schon auf ein paar anspruchslos gemütliche Sofastunden und vielleicht ein Viertelstündchen Extraschlaf bei einem gediegenen Spielfilm. Daran war jetzt natürlich nicht mehr zu denken.

»Was meinst du mit ›gute Freunde‹?« Es konnte sich nur um eine Fangfrage handeln.

»Naja, vielleicht gibt es ein paar Leute von früher, die dir wichtig sind und die du lange nicht gesehen hast?«

»Wenn sie mir wichtig wären, würde ich sie sehen.«

»Ich meine alte Freunde, aus der Schulzeit zum Beispiel ...«

»In meiner Schule gab es keine Freunde, nur Notgemeinschaften.«

Sie lachte nicht, es schien ihr ernst zu sein. Mir blieb also nichts anderes übrig, als ihre Frage ernsthaft zu beantworten. Mir fielen ein paar Mädchen ein, mit denen ich mich früher gut verstanden hatte. Doch diese Freundschaften waren meist im Sande verlaufen, nachdem sie Männer kennengelernt hatten, von denen sie mehr wollten als Verständnis. An den üblichen Jungs- und Männergesprächen hatte ich noch nie Interesse, was daran lag, daß ich mich nur begrenzt für das Innenleben von Autos begeistern konnte. Nach längerem Nachdenken fiel mir eigentlich nur Dietmar ein.

»Deine Freunde sind meine Freunde«, sagte ich etwas leichtfertig, um das Gespräch zu beenden. Ich probierte es mit einem Lächeln, aber sie sah noch immer sehr nachdenklich aus.

Eine Woche später wurde mir klar, warum sie gefragt hatte. Meine Frau machte sich gerade ausgehfertig – Dietmar und sein neuer Freund wollten sie abholen –, als plötzlich das Telefon klingelte. Es war Frau Maibach, und es war für mich. Ob ich noch einmal ins Büro kommen könne, fragte sie atemlos, vor zehn Minuten seien zwei Serienstaffeln geplatzt, die ganze Agentur stehe Kopf, wir müßten sofort umdisponieren und möglicherweise Schadensersatz fordern. Sie klang völlig aufgelöst, also sparte ich mir die üblichen Kommentare über Pilotfilme und Quotenterror und sagte ja. Ich hatte mich ohnehin auf eine Sonderschicht im Büro eingestellt und wartete nur darauf, daß meine Frau sich ins Nachtleben stürzte. Wenngleich mir nicht ganz wohl war bei dem Gedanken, meine sonst so stillen späten Stunden mit Frau Maibach zu verbringen. Ich hatte mich an das Alleinsein sehr gewöhnt.

Schon dieser Anruf hätte mich mißtrauisch machen müssen. Doch ich schöpfte nicht einmal Verdacht, als meine Frau und Dietmar vorschlugen, mich im Büro abzusetzen. Wohl war mir dabei allerdings nicht. Das Büro war mein Bereich, zumindest nachts, und mir lag sehr daran, Störenfriede jeder Art soweit wie möglich fernzuhalten. Deswegen ging es mir sehr gegen den Strich, als meiner Frau plötzlich einfiel, sie habe noch ein kleines Präsent für Frau Maibach, das sie ihr unbedingt überreichen müsse, es würde nur eine Sekunde dauern. Ach, und wenn sie schon einmal dabei wären, könnten Dietmar und sein Freund doch kurz mitkommen.

Mir dämmerte, daß an der Sache etwas faul war, als ich aus dem Wagen stieg und auf unserer Etage lauter hell erleuchtete Fenster sah. Ein Großeinsatz sämtlicher Mitarbeiter nach Feierabend erklärte vielleicht das viele Licht – aber warum bunt? Im Fahrstuhl klebte ein dicker roter Pfeil neben der Leuchttaste für unser Stockwerk. Meine schlimmsten Befürchtungen wurden allmählich Gewißheit, aber jetzt war es zu spät. Als wir auf den Flur traten, drang laute Musik durch die Türritzen. Ich hätte immer noch kehrtmachen können, aber hinter mir ging Dietmar mit seinem Begleiter, und meine Frau hakte sich bei mir ein. Sie klingelte dreimal kurz, einmal lang. Dann öffnete sich die Tür: Überraschung!

Es gab eine Wolke aus Luftschlangen, Konfetti und Ballons. Meine Frau umarmte mich und flüsterte »herzlichen Glückwunsch«. Aufblasbare Tröten schossen vor meinen Augen hin und her. Ich wurde unter Konfettidauerfeuer durch die Agentur geführt und auf einen Stuhl gesetzt, der viel zu niedrig für mich war. Ich saß hinter Frau Maibachs Schreibtisch. Es war ihr Büro, nur bis zur Unkenntlichkeit geschmückt. Irgend jemand würgte die Musik ab und mit ihr sämtliche Gespräche. Von der Decke löste sich eine Girlande und erschlaffte. Es war auf einmal beklemmend still. Im Türrahmen und an der Wand gegenüber standen die Kollegen, mehrere langjährige Geschäftspartner und Freundinnen von Frau Maibach sowie die engsten Freunde meiner Frau. Nur ich hatte keine Verbündeten.

Frau Maibach trat in die Mitte des Raumes. Sie hatte die Haare irgendwie anders. Augen, Wangen und Mund waren noch stärker geschminkt als sonst. Und sie steckte in einem Kleid, das man gesehen haben mußte, um es für möglich zu halten.

Die Rede, die sie hielt, war nicht sehr lang und machte einen vernünftigen Eindruck (auch wenn ich hauptsächlich damit beschäftigt war, woandershin zu gucken). Unter den Zuhörern entdeckte ich neben Ella einen ziemlich schmächtigen, nervös wirkenden Brillenträger, der sich noch unbehaglicher zu fühlen schien als ich. Er kannte offenbar niemanden hier und wich jedem Blickkontakt aus. Erst als er sich mit einer Hand an Ellas Ärmel festhielt, ging mir ein Licht auf. Es mußte ihr Mann sein! Ich hatte ihn mir völlig anders vorgestellt: breitschultrig, zwei Zentner schwer und dickfellig, mit einem ausgeprägten Hang zur Gewalttätigkeit. Aber ich kannte ihn bisher auch nur aus ihren Erzählungen.

Frau Maibach erklärte kurz und bündig ihren Rückzug aus der Agentur. In Zukunft würde ich an ihrer Stelle die Geschäfte führen. Das klinge nach einem gewaltigen Schritt, sei aber keine wirkliche Veränderung. Damit würde nur amtlich, was sich in den letzten Jahren de facto schon vollzogen habe. Beruflich sei ihr die Entscheidung leichtgefallen, menschlich nicht. Sie könne sich von keinem der hier Anwesenden trennen und werde die Zusammenarbeit mit ihnen allen sehr vermissen. Aber sie habe es zeitlebens als ihre Aufgabe betrachtet, die richtigen Leute zusammenzuführen und sich selbst dadurch überflüssig zu machen. Jetzt seien die richtigen Leute vereint!

Frau Maibach sah mich und meine Frau an, bevor sie in die Runde schwenkte. Ihr Blick war eindringlich, aber nicht feucht. Dann überreichte sie mir ein Messingschild mit dem eingravierten Schriftzug »Agentur Maibach & Busch« und verteilte französische Luftküßchen, bei denen ihr Lippenstift keinen Schaden nahm. Es gab Applaus, Sekt, Blumen. Ich bedankte mich herzlich nach allen Seiten und hoffte dadurch, um eine Rede herumzukommen. (Ich hatte keine Ahnung, was ich sagen sollte, außer daß ich meine Karriere zwei starken Frauen und meiner Unfähigkeit zu feiern verdankte – prost!) Doch zum Glück wurden von mir keine weiteren Worte erwartet.

Nachdem ich eine Viertelstunde lang Hände geschüttelt hatte, nahm die Party ihren Lauf und gruppierte sich um die natürlichen Mittelpunkte: um die Getränke, das Büffet und meine Frau. Ich stand mit dem Messingschild unterm Arm in der Menge, ließ mir gelegentlich auf die Schulter klopfen und sagte abwechselnd »schaun wir mal« und »wird schon schiefgehen«. Doch nach einer Weile hörte auch das auf. Ich hätte jetzt eigentlich verschwinden können, um eine neuerliche Nachtschicht einzulegen und genau da weiterzumachen, wo ich aufgehört hatte. Doch mitten auf meinem Schreibtisch saß Ella und plauderte mit Dietmars neuem

Freund, während ihr Mann die Gläser auffüllte und Champagner über meine Postablage goß.

Es wäre vielleicht an der Zeit gewesen, mich zu freuen. Immerhin war damit ein Punkt erreicht, der meiner Flucht in die Arbeit nachträglich so etwas wie einen Sinn verlieh. Ich stand in meinem übervollen, lärmverschmutzten Büro und wartete darauf, von widersprüchlichen Gefühlen überwältigt zu werden. Aber ich empfand nichts, gar nichts. Statt dessen tröstete ich Frau Maibachs altgediente Sekretärin, die über die Pläne ihrer Chefin schon lange Bescheid wußte und trotzdem von dem Moment so ergriffen war, wie ich es eigentlich hätte sein müssen. Ich borgte ihr mein Taschentuch, und als das nicht reichte, brachte ich ihr eine Rolle Klopapier. Unterwegs enttäuschte ich zwei Praktikantinnen im Partnerlook, die es spontan für eine prima Idee hielten, sich an den neuen Chef heranzumachen, und mich zum Tanzen aufforderten. Ich würde sie sehr vermissen, die Unauffälligkeit meiner bisherigen Position. Aus dem Großraumbüro nebenan kam wieherndes Gelächter und die Stimme meiner Frau.

Warum feiern, wenn Menschen sich dabei von Seiten zeigten, von denen man schon im Alltag lieber nichts wissen wollte?

Doch es half alles nichts, diesmal mußte ich durchhalten. Das hier war »meine Party«, Frau Maibachs Abschiedsgeschenk an mich. Sie hatte »die richtigen Leute zusammengeführt«, und da hätte es nicht gepaßt, wenn ich vor meiner Frau nach Hause gegangen wäre. Ich dachte an die Digitalanzeige meines Radioweckers, an die Leere in unserem Schlafzimmer und versuchte mir vorzustellen, wie sie sich ohne mich in meinem Büro amüsiert, dem einzigen Ort, an dem ich in solchen Nächten sein konnte – doch der erhoffte Adrenalinschub blieb aus. Ich war müde, einfach nur müde, und es konnte noch Stunden dauern, bis meine Frau ausgefeiert hatte.

Ich entschuldigte mich bei dem geschwätzigen, nach Rotwein riechenden Reklame-Opa, der mit einer Kindercasting-Agentur ein Vermögen gemacht hatte und Frau Maibach sein »altes Mädchen« nannte. Der Gedanke war, auf der Toilette vielleicht ein paar Minuten auszuruhen. Doch als ich mich an den Tanzenden vorbeimogeln wollte, verwickelte mich Ella in ein Gespräch, an dem sie sofort das Interesse verlor. »Mein Lieblingslied«, rief sie aus und drückte ihrem Mann ihr Glas in die Hand. Dann schnappte sie sich Dietmars Freund, um mit ihm zu »Smoke gets in your eyes« zu schwofen. Es war offenbar nicht ihr einziges Lieblingslied an diesem Abend. Zwei Titel später wiegte sie sich noch immer in seinen Armen.

Ich stand wie übriggeblieben neben Ellas Mann, der sie nicht eine Sekunde aus den Augen ließ. Wir hatten noch kein einziges Wort miteinander gewechselt, doch aus irgendeinem Grund fühlte ich mich verpflichtet, das Gespräch am Laufen zu halten, auch wenn ich nicht ganz mitbekommen hatte, worum es eigentlich ging.

Er müsse Ellas Mann sein, sagte ich zu Ellas Mann und nötigte ihm einen Handschlag ab, ich hätte schon viel von ihm gehört. Hinter seinen Brillengläsern blitzte kurz etwas auf, doch er sagte nichts, und ich wußte nicht weiter. Nach allem, was Ella erzählt hatte, war er ein krankhaft eifersüchtiger und gewaltbereiter Psychopath. Daran ließ sich schlecht anknüpfen. Ihr Glas in seiner Hand zitterte kaum.

Wir starrten eine Weile ins Getümmel. Ich war mir nicht sicher, ob er wußte, daß sein vermeintlicher Nebenbuhler homosexuell war. Das konnte unter Umständen eine gute Nachricht sein, und ich hätte ihm gerne die Freude gemacht. Doch alles, was mir einfiel, lag in der Preisklasse von: »Ach, übrigens, der Mann, mit dem Ihre Frau tanzt, ist schwul.« Und als Ella mit Dietmars Freund beim nächsten Lied nahtlos in einen Lambada überging, dachte ich, es wäre vielleicht klüger, zuallererst sie daran zu erinnern. Ich entschuldigte mich für einen Moment, aber ihr Mann schien mich gar nicht zu hören.

Mit einem stählernen Lächeln schaffte ich es unbehelligt bis zu den Toiletten im Nebenflur, dann war Endstation. Vor dem Damenklo wartete Frau Maibach. Ich sah sie zuerst, doch nur Sekundenbruchteile später drehte sie sich um, und ich blieb stehen wie ertappt. Das Flurlicht meinte es nicht gut mit ihr. Ihre Frisur befand sich in Auflösung und ließ reichlich Kopfhaut durchblicken, ihr Make-up war trotz aller Vorsicht verwüstet, und ihr Kleid sah immer noch so aus, als müßte man ihren toten Gatten darum beneiden, daß er das nicht mehr erleben durfte. Es wäre ein leichtes gewesen, mich zu rächen und sie ihre Lächerlichkeit spüren zu lassen. Doch ich fühlte mich ihr auf einmal so nahe wie noch nie.

Ich ging auf sie zu und bedankte mich. Es war vielleicht nicht der richtige Zeitpunkt, aber erst jetzt und hier vor dem Damenklo wurde mir klar, daß ich sie in Zukunft nicht mehr jeden Tag sehen würde. »Ehrlich gesagt, kann ich mir das hier gar nicht vorstellen ohne Sie.«

»Würden Sie das auch sagen, wenn Sie wüßten, daß ich morgen früh wieder auf der Matte stehe?« Sie sah mich prüfend an, hatte aber leichte Schwierigkeiten mit dem Fokus. Wahrscheinlich war ich der einzige auf dieser Feier, der nur Fruchtsaft trank.

»Würden Sie noch hier sein, wenn Sie wüßten, daß ich Sie morgen früh aus dem Bett hole und Ihnen Löcher in den Bauch frage?« Frau Maibach zuckte mit ihren schwabbeligen Achseln, doch die Vorstellung schien ihr zu gefallen.

Ein, zwei Kollegen torkelten an uns vorbei und verschwanden diskret auf der Herrentoilette, während ich sie umarmte. Eine ältere Dame stellte sich hinter uns an. Aber ich ließ Frau Maibach nicht los. Ich würde sie sehr vermissen, ich vermißte sie jetzt schon. Nach einer Weile öffnete sich die Toilettentür und die beiden Praktikantinnen entstiegen kichernd den Rauchwolken eines Joints. Doch Frau Maibach winkte nur ab und ließ der Dame hinter uns den Vortritt.

»Sie werden mir fehlen«, sagte ich.

»Wissen Sie was«, sagte sie, »ich muß gar nicht mehr.«

Es war das erste Mal, daß ich auf einer Party die Zeit vergaß. Frau Maibach und ich hatten uns plötzlich so viel zu erzählen, als hätten wir uns Jahre nicht gesehen. Wir verstanden uns sogar noch, als die Musik lauter wurde und wir uns gegenseitig Halbsätze ins Ohr schreien mußten. Später, beim Tanzen, zerdrückte ich mit meinem Kinn die Überreste ihrer Frisur. Wir traten uns, wer weiß wie oft, auf die Füße (die meiste Zeit führte sie), und am Ende hatte ich mehr Make-up auf meinem Hemd als sie im Gesicht. Doch es war wunderbar.

Ich weiß nicht, wie lange ich Frau Maibach durch die Gegend schob und von ihr geschoben wurde, während ich in den Falten ihres Eidechsennackens versank. Irgendwann sah ich aus den Augenwinkeln meine Frau am Rand der Tanzfläche stehen. Sie lächelte müde, aber froh. Es brauchte keine weiteren Worte. Wir brachten Frau Maibach nach Hause und tranken in ihrem Salon noch einen Kaffee aus winzigen Porzellantassen, an denen schon Heinrich George genippt hatte. Alles war, wie es sein sollte. Als Ellas Mann morgens um fünf in der Agentur randalierte, lagen wir längst im Bett.

Frau Maibach hatte recht: Daß ich die Geschäfte übernahm, bedeutete keine wirkliche Veränderung. Es ging in der Agentur vielleicht ein wenig unpersönlicher zu. (Frau Maibachs erste Frage hatte immer gelautet: »Wie geht's?« Ich wollte eigentlich nur wissen: »Sind Sie soweit?«) Doch unsere Zahlen waren sehr gut, und das Gerede von »den alten Zeiten« hielt sich in Grenzen, auch wenn sich einige unserer Klienten umgewöhnen mußten. Wo Frau Maibach früher groß mit ihnen ausgegangen war, ging ich mit ihnen einen Kaffee trinken.

Schwieriger wurde es für meine Frau. In den Jahren, in denen die Agentur florierte, nahm die Anzahl ihrer Drehtage langsam, aber stetig ab. Sie konnte sich ausrechnen, daß sie Ende Vierzig bei Null sein würde. Also besuchte sie zusammen mit Ella diverse Workshops und Seminare zur schauspielerischen Weiterbildung. Doch anders als Ella konnte sie sich nie dazu durchringen, an die jeweiligen Gurus zu glauben. Sie verdingte sich eine Zeitlang als Synchronsprecherin, fand das auf Dauer aber unbefriedigend. Sie wechselte den Agenten, wozu ich ihr nicht geraten hatte. (Ich hielt mich, was sie betraf, aus allen beruflichen Fragen heraus.) Sie griff verstärkt selbst zum Telefon, um ihre Kontakte zu nutzen und sich ins Gespräch zu bringen. Mit anderen Worten: Sie tat, was die meisten Schauspielerinnen in ihrem Alter tun.

In der Branche wird das gar nicht gern gesehen. Schauspielerinnen, die auf eigene Faust agieren, sind nicht nur für Produzenten und Regisseure unangenehm, sie tun sich auch selber keinen Gefallen. Wer sich anbietet, ohne nachgefragt zu werden, prostituiert sich an der falschen Stelle. Das wirkt sehr schnell verzweifelt und ist es meistens auch. Die einzige Möglichkeit, Angebot und Nachfrage diskret zusammenzuführen, ist der Agent. Sein Job besteht darin, Schauspielern nicht nur Rollen zu verschaffen, sondern auch Enttäuschungen zu ersparen – und falls sich das nicht vermeiden läßt, bei Absagen den richtigen Ton zu treffen. (Die Faustregel dabei lautet: Es liegt nie an der Qualität eines Schauspielers, es wurde immer ein anderer Typ gesucht.) Doch meine Frau fragte direkt und bekam auch vergleichsweise direkte Antworten. Ein Produzent, der sie früher regelrecht hofiert hatte, vertröstete sie auf einmal mit den Worten: Bei dieser Rolle ginge es nicht um Persönlichkeit, sondern ausschließlich um Schönheit. Das war für eine Schauspielerin im Blondinenfach ein vernichtender Satz.

Ich hatte im Laufe meines Agentenlebens schon einige Schauspielerinnenkarrieren versanden sehen und konnte mir ungefähr vorstellen, was meine Frau durchmachte. Ich hörte ihre Sorgen und Ängste heraus, wenn sie erzählte, wohlwissend, daß sie von mir keine Lösung erwartete. (Sie hätte sich nie von mir helfen lassen, nichts machte ihr mehr zu schaffen als der drohende Verlust ihrer Selbständigkeit.) Sie beklagte sich nicht, aber der Humor, mit dem sie es nahm, bekam nach und nach einen bitteren Beigeschmack.

Ich sah die Ungerechtigkeit durchaus. Meine Frau war in der Kantine zwar immer noch besser als vor der Kamera, doch gerade in ihren letzten Filmen spielte sie so unbefangen wie noch nie. Es waren eher billige TV-Schnellschüsse auf der Basis dämlicher Drehbücher, und sie verkörperte neuerdings keine Luxusgeschöpfe mehr, sondern Lehrerinnen und Oberschwestern. Doch je unattraktiver die Rolle, desto besser wurde sie. Der Krampf war auf einmal weg, und sie wirkte trotz aller Klischees verblüffend natürlich, was vielleicht auch nur daran lag, daß es ihr mittlerweile egal war. Der Produzent hatte gar nicht so unrecht. Sie gewann als Schauspielerin zusehends an Persönlichkeit und Profil. Aber genau das wurde nicht verlangt.

Meine Frau übte sich in Gelassenheit, doch ich merkte, daß sie bei vielen Dingen draufzahlte, die sie früher nur ein Lächeln gekostet hatten. Wenn wir bei einer Filmpremiere im Foyer standen, sah ich sie inzwischen mit anderen Augen. Sie war noch immer Mittelpunkt, wenn sie erzählte, sie wirkte nach wie vor witzig, aufregend und charmant. Aber es gab einen Abstand, eine Kluft. Diejenigen, die mit ihr und über sie lachten, waren nicht wirklich ihre Freunde, sie waren Zuschauer. Und sie würden von ihr zur nächsten Attraktion schlendern, sobald die Show gelaufen war. Meine Frau sah sich immer von Menschen umringt, sie war nie allein, aber sie war Alleinunterhalterin, und das blieb sie bis zum Ende der Vorstellung. Allmählich fing ich an zu verstehen, warum sie immer wieder zu mir zurückkam.

Bei einem dieser Anlässe begegnete mir Qualle. Er hatte meiner Frau eine Weile zugesehen und kam mit seinen zwei Zentnern Lebendgewicht direkt auf mich zu. »Sag mal«, fragte er, noch ganz außer Atem vor Lachen, »wer zum Teufel ist das?« Ich sagte ihm nicht die Wahrheit.

Qualle war eine ziemlich schillernde Figur mit X-Beinen, schulterlangem Haar und einer beachtlichen Verdrängung. (Die Presse nannte ihn auch den »Meat Loaf der Kleinkunstszene«, aber da hatte sich »Qualle« schon durchgesetzt.) Bereits auf der Schauspielschule spielte er alles, was eklig und dankbar war, und hatte damit sehr früh sehr viel Erfolg. Doch er verschlampte zusehends und verlor das Interesse an der Schauspielerei, weil alle immer schon lachten, wenn er nur die Bühne betrat. Statt dessen leitete Qualle diverse Off-Theater mit ständig wechselnden Namen und machte eine Reihe dubioser Geschäfte, die ihn an den Rand des Gefängnisses brachten. Eine Zeitlang verschwand er von der Bildfläche, tauchte jedoch an anderer Stelle immer wieder auf. Ich hatte als Assistent von Frau Maibach ein paar Mal mit ihm zu tun, aber da er die Gagen für unsere Schauspieler so gut wie nie zahlen konnte, beschränkte sich unser Kontakt bald auf juristischen Schriftverkehr.

»Und wenn sie von Beruf Metzgerin wäre, diese Frau bekäme bei mir sofort eine eigene Show.«

»Vergiß es«, sagte ich zu ihm. Er war noch dicker geworden seit unserer letzten Begegnung und hatte mit Abstand die fleischigsten Ohrläppchen der Welt.

»Du hast gesagt, du bist nicht ihr Agent.«

»Nein, aber ich würde jeden Künstler vor dir warnen, auch ohne Provision.«

Es war eine von Qualles Stärken, gegen Kritik und Anfeindungen jeder Art immun zu sein. Vollkommen unbeeindruckt fing er an zu erzählen, daß er jetzt eine Kabaretttruppe manage, lauter starke Frauen, das liefe ganz wunderbar. Blödmänner gebe es schließlich genug, und er habe sie fast alle schon gespielt. Der wilde, anarchische, überraschende Humor heutzutage sei weiblich. Frauen seien in Wirklichkeit viel komischer als Männer. Wenn ich ihm nicht glauben wolle, solle ich mir ihr Programm anschauen.

Ich glaubte ihm kein Wort.

»Na, komm schon, jetzt sei doch nicht so«, versuchte er es auf die kumpelhafte Tour, »stell mich ihr vor. Wenn sie auf der Bühne nur halb so komisch ist wie –«

»Ist sie nicht.«

»Was?«

»Sie ist auf der Bühne überhaupt nicht komisch. Sie ist total verkrampft.«

Qualle sah mich kurz an und grinste dann: »Das kriege ich hin.«

Ich schüttelte den Kopf und hörte weg, während er weiter darüber schwadronierte, daß die Zukunft weiblich sei und die Komik im übrigen auch. Er war die Inkarnation des Halbseidenen. Wenn meine Frau von ihrem Agenten an Qualle vermittelt worden wäre, hätte ich ihn verklagt. Andererseits konnte ein zweites Standbein neben Film und Fernsehen nicht schaden, an Kabarett hatte ich bei ihr schon immer gedacht, und selbst wenn sie bei Qualle keinen Cent verdienen würde, wäre es wenigstens eine Erfahrung. Natürlich hatte ich nicht vor, mich in ihr Berufsleben einzumischen, und meine Frau würde einen Tip von mir niemals annehmen, aber das einzige, was wirklich dagegen sprach, war Qualle selbst. Sie hätte eine bühnenreife Parodie von ihm und seinem Zirkusdirektorengehabe liefern können, noch bevor die Tinte unter ihrem Vertrag getrocknet war.

»Hallo«, sagte sie und berührte mich leicht an der Schulter. Ich sah meine Frau an und Qualle und dann noch einmal meine Frau. Sie lächelte belustigt, aber nicht angewidert. Also riskierte ich es und machte die beiden miteinander bekannt. (Ihr Agent möge mir verzeihen!) Qualle glänzte hoch erfreut und etwas fettig, sie reichte ihm die Hand, die er nahm, nicht um sie zu schütteln, sondern um einen Handkuß anzudeuten. Ich wäre am liebsten im Boden versunken. Doch das Gespräch verlief ohne größere Peinlichkeiten, und schon am nächsten Tag hatte sie bei ihm ein Vorsprechen.

Das grandios gewesen sein mußte. Qualle war ganz aus dem Häuschen und lobte seinen richtigen Riecher, doch auch meine Frau schien zufrieden. Kabarett war genau das Richtige für sie, was mich nicht überraschte. Ich hätte mir nur in den Hintern beißen können, daß erst jemand wie Qualle vorbeikommen mußte, um ein so offensichtliches Talent auch wirklich zu nutzen (obwohl Kleinkunst noch nie mein Metier war).

»Von wegen verkrampft«, tönte er am Telefon, »sie ist nicht nur genauso gut wie auf der Party. Sie ist die Party!«

Ich verzichtete auf die Einzelheiten. Die Frage, die mich beschäftigte, war vielmehr, wie bringe ich das ihrem Agenten bei? Doch da meine Frau im ersten Halbjahr gerade mal auf elf Drehtage kam und die zweite Hälfte ziemlich mau aussah, hatte er nichts dagegen, obwohl uns beiden klar war, daß es bei Qualle kein Geld zu verdienen gab.

»Betrachten wir es als Investition in die Zukunft«, sagte er mit einem schlecht gespielten Seufzer, bevor wir auflegten. – Dem stand nun nichts mehr im Wege.

Doch es war auch eine Investition in die Gegenwart. Qualle ließ sich nicht lange bitten, sondern belegte meine Frau gleich mit Beschlag. Zweimal täglich hatte sie Probe. Zwischendurch feilte sie an ihren Nummern und Texten. Bis spät in die Nacht diskutierte sie mit ihren Kolleginnen über Festlegungen und Freiheiten, die sie sich lassen wollten. Meist kam sie erst gegen eins, halb zwei nach Hause und stand morgens um zehn wieder auf der Probe.

Ich hatte sie noch nie mit einer solchen Begeisterung bei der Arbeit erlebt. Es war nicht nur ein Job, es war wirklich ihr Ding. Ich glaube, uns beiden wurde erst jetzt richtig klar, was ihr die ganze Zeit gefehlt hatte.

Alles sei anders, schwärmte sie. Es täte ihr gut, mit Leuten kontinuierlich an einer Sache zu arbeiten, anstatt kurz zum Dreh einzuschweben und ein paar Mal durchs Bild zu laufen. Sie sei so dankbar, mitdenken und mitreden zu dürfen, anstatt nur das ausführende Organ eines höheren Regiewillens zu sein, der sich im Schneideraum für jede Abweichung räche. Und es sei eine echte Befreiung, ohne Rücksicht auf Drehpläne, Geld und Logistik zu proben und auszuprobieren. Mit anderen Worten: Sie sagte mehr oder weniger das, was alle Schauspieler sagen, wenn sie nach Jahren des Film- und Fernsehhoppings wieder auf die Bühne zurückkehren. Aber ich freute mich wirklich für sie.

Natürlich sahen wir uns selten. Ihre Arbeit war meiner Frau momentan wichtiger als alles, also auch als ich. Aber damit konnte ich leben, schließlich war sie ihr auch wichtiger als jeder andere Mann. In ihren Erzählungen tauchten zwar ständig irgendwelche Kollegen auf, die mich vielleicht vor Wochen noch um den Schlaf gebracht hätten. Doch ich nahm an, daß es sich bei dem Leuchten in ihren Augen um die Liebe zur Sache handelte. Von daher gönnte ich ihr den Spaß bei der Arbeit und ging solange ins Büro.

Rein rechnerisch war am häufigsten von Enrico die Rede, dem jungen lateinamerikanischen Regieassistenten mit den blauschwarzen Locken, der von allen Assistenten der Welt den besten Kaffee kochte. Er stammte in verzweigter Linie von einem brasilianischen Schlagerstar ab und brachte mit seinem Akzent, seinem Zahnpastalächeln und den dunklen Augen das gesamte Damenensemble zum Schmelzen, selbst wenn er nur die Proben für den nächsten Tag verlas. Meine Frau wurde nicht müde, sich darüber zu wundern, wie jemand so schön und trotzdem ein Mann sein konnte. Was das anging, war sie gnadenlos ehrlich. Aber sie verschwieg mir auch nicht, daß Enrico ein Macho war, der nicht verstehen konnte, worüber sich deutsche Frauen eigentlich beklagten. Auf den Proben lachte er nie, außer wenn jemand seinen Text vergaß.

An zweiter Stelle folgte Klaus, der Beleuchter. An guten Tagen überholte er sogar Enrico in der Hitliste. Er war laut Aussage meiner Frau nicht annähernd so attraktiv, aber dafür um so eigenartiger. (Irgendwie stellte ich ihn mir immer als hohlwangiges, stachelbärtiges Faktotum mit Tätowierungen bis an die Kinnspitze vor.) Klaus war früher als Bordelektriker zur See gefahren und ein ziemlicher Kauz, der an den Riggs und Beleuchtungsbrücken herumkletterte wie in der Takellage eines Segelschulschiffs. Anstelle von Nummern hatte er seinen Scheinwerfern Namen gegeben, Frauennamen wohlgemerkt, und er ließ niemanden an sie heran. Wer eines von seinen »Babies« anfaßte oder auch nur mit dem Gedanken spielte, war seines Lebens nicht mehr sicher. Klaus verbrachte ganze Nächte im Theater, um jeden Scheinwerfer in liebevoller Handarbeit einzeln ein- und auszurichten. Bisweilen erschreckte er die Schauspielerinnen dadurch, daß er morgens wie ein Toter zwischen den Stuhlreihen lag und schlief.

Mit diesen und vielen anderen Leuten verbrachte meine Frau mehr Zeit als mit mir, und selbst wenn wir uns zwischendurch sahen, war sie mit ihren Gedanken bei ihnen, aber das störte mich nicht. Es wäre mir nicht im Traum eingefallen, auf Klaus eifersüchtig zu sein. Ich mußte nur einmal kurz an ihn denken, als meine Frau eines Nachts nicht nach Hause kam und sagte, sie habe im Theater geschlafen. (Wo schlief dann eigentlich er?) Doch da ging es bereits auf die Premiere zu. Meine Frau stand kurz vor dem Start in eine womöglich zweite Karriere, sie hatte Streß genug. Was sie jetzt brauchte, war ein Zuhause, das ihr Halt gab, und nicht einen Mann, der sich vernachlässigt fühlte, ganz abgesehen davon, daß ich der letzte gewesen wäre, der ihr eine mehr oder weniger durchgearbeitete Nacht hätte vorwerfen können.

Irgendwann, dachte ich, würden auch wieder bessere Zeiten kommen. Die Premiere würde ins Land gehen, die Vorstellungen zur Routine werden, und Qualle würde schon dafür sorgen, daß dieses Unternehmen – Erfolg hin oder her – demnächst in Zahlungsunfähigkeit endete.

TEIL II

1 MIKE

Also wartete ich auf ihre Premiere. Ich wartete darauf, daß die Vorstellungen für meine Frau zur Routine wurden. In schwachen Stunden wartete ich auf Qualles Konkurs. Und weil all das in weiter Ferne zu liegen schien, wartete ich auf unseren Urlaub.

So kannte ich mich gar nicht.

Früher hatte ich mir nie etwas aus Urlaub gemacht. Reisen fand ich eher störend. Warum freiwillig die Lebensumstände verlassen, mit denen man sich mühsam arrangiert hat? Es ergab keinen Sinn, sich einem Klima auszusetzen, für das der durchschnittliche Mitteleuropäer nicht geschaffen war. Es ergab auch keinen Sinn, in Ferienapartments zu hocken, die weniger Privatsphäre boten als jede deutsche Reihenhaussiedlung. Anstatt neuer Horizonte entdeckte ich im Ausland immer nur meine Grenzen.

Vor allem menschlich war es eine Katastrophe: Die Kellner ignorierten mich, und ich gab ihnen zuviel Trinkgeld. Vor den Zimmermädchen empfand ich tiefe Scham. Und gegenüber Einheimischen verspürte ich andauernd das Bedürfnis, mich für meine Landsleute zu entschuldigen. Mit anderen Worten: Tourismus erwies sich alle Jahre wieder als der beste Weg, andere Völker von ihrer schlechtesten Seite kennenzulernen. Dennoch konnte ich diesen Urlaub kaum erwarten. Ich freute mich nicht auf Land und Leute, ich freute mich auf meine Frau. Es war zumindest eine Möglichkeit, mehr als nur ein paar Stunden Tiefschlaf miteinander zu verbringen.

Trotz aller Krisen im Vorfeld fand die Premiere statt, sogar zum angekündigten Termin. Nicht einmal meine Frau schien noch daran geglaubt zu haben. In der Nacht davor kam es aus ungeklärtem Anlaß zu einer Beinaheschlägerei zwischen Klaus und Enrico. (Es blieb ein bißchen vage, ob sich Enrico nun an einem von Klaus' Scheinwerfern vergriffen hatte oder ihm anderweitig zu nahe getreten war.) Noch am Tag der Premiere wurden Nummern umgeschmissen, eingestrichen, neu geprobt. Die Nerven lagen blank. Doch ungerührt bewegten sich die Zeiger weiter Richtung 20.00 Uhr.

Ich versprach meiner Frau jeden Beistand, den sie für diesen Abend brauchte, und erfüllte ihr schließlich den Wunsch, nicht hinzugehen. Sie befürchtete, ich würde den einen oder anderen Gag persönlich nehmen, und schon allein das könne sie daran hindern, ihn richtig zu servieren. Manche Lacher gingen eindeutig auf Kosten des starken Geschlechts, womit natürlich nicht ich gemeint sei, aber es bestünde die Gefahr von Mißverständnissen, und dafür habe sie bei der Premiere keinen Kopf, nicht böse sein! – Ich war nicht böse. Ich verstand, daß sie nervös war. Und es schmeichelte mir sogar ein bißchen, daß sie so viel Wert auf meine Abwesenheit legte.

Der Erfolg gab ihr recht. Ich war sehr stolz auf sie, als ich die Kritiken las. Nahezu einhellig bescheinigte man der Truppe »ein neues Kaliber von weiblichem Humor«. Insbesondere meine Frau wurde für ihre »waffenscheinpflichtige Direktheit« gelobt. »Die langerwartete Antwort auf den Blondinenwitz« nannte sie eine sonst eher schlechtgelaunte linksalternative Zeitung. »Die Matronen-Bombe!« titelte ein für sein Frauenbild berühmtes Boulevardblatt und brachte dazu ein Foto von ihrem Decolleté. In dem Artikel war vergleichsweise geistreich von der »aus Film und Fernsehen bekannten Blondine« die Rede, die »sehr amüsant mit Männerängsten zwischen Kastration und Knechtung« spiele. Bevor es am Schluß in gewohnter Deutlichkeit hieß: »Wo sie zuschlägt, bleiben nur die Gebäude übrig.« Das klang nach einem unterhaltsamen Abend, aber nicht unbedingt nach einer Frau, mit der man verheiratet sein wollte.

Trotz Foto.

Mit einer solchen Resonanz schien selbst Qualle nicht gerechnet zu haben. Er, der Garant für wirtschaftliche Mißerfolge, sah seine viel zu optimistischen Kalkulationen sogar noch übertroffen und bezahlte zum Erstaunen der gesamten Fachwelt seine Schauspielerinnen ohne Abstriche. Zweimal wurde die Aufführungsserie »wegen des großen Erfolgs« über die angeblich letzte Vorstellung hinaus verlängert, bis keiner mehr ernsthaft an ein Ende des Programms glaubte. Die Karten waren schon Wochen im voraus ausverkauft. Meine Frau hätte den ganzen Sommer vor vollem Haus weiterspielen können. Nur unser Urlaub stand einer Endlosserie im Weg.

Natürlich ließ Qualle nichts unversucht, um meine Frau zum Hierbleiben zu überreden. Er bot an, etwaige Reiserücktrittskosten zu übernehmen, und stellte ihr verhältnismäßig großzügige Gagenzuschläge in Aussicht. Dabei wäre sie auch ohne Zugeständnisse bereit gewesen, auf ein bißchen Freizeit zu verzichten, nachdem sie jahrelang genug davon gehabt hatte. Sie genoß den Rummel geradezu. Derjenige, der auf mindestens zwei Wochen Urlaub bestand, war ich. Und ich blieb hart. Zu diesem Zeitpunkt spürte ich bereits, daß es für meine Frau und mich ums Ganze ging.

Wir sahen uns nach ihrer Premiere noch weniger als vorher. (Während der Proben hatte sie mich ab und zu als Kummerkasten gebraucht, das war nach ihrem Durchbruch nicht mehr nötig.) Wenn ich morgens das Haus verließ, schlief sie noch. Wenn ich gegen sechs aus dem Büro kam, fuhr sie ins Theater. Sie spielte praktisch jeden Abend. Nach den Vorstellungen ging sie mit den Kollegen meist noch einen trinken. Das konnte ihr niemand verübeln. Wer einen Saal zwei Stunden lang zum Lachen gebracht hat, der legt sich nach dem Schlußapplaus nicht einfach ins Bett und schläft. Meine Frau brauchte ein paar Stunden und das eine oder andere Bier, um wieder runterzukommen. Das konnte gegen eins, halb zwei der Fall sein, es konnte sich aber auch bis in die Morgenstunden hinziehen, das war schwer vorherzusagen. Ich wußte nicht, wie ihre Kolleginnen es mit ihren Partnern hielten – erzählten sich deren Männer zwei Kneipen weiter Herrenwitze oder paßten sie zu Hause auf die Kinder auf? Ich wußte nur, daß ich unseren Urlaub nicht auch noch preisgeben durfte.

Wir einigten uns schließlich auf eine Woche. Das war genau die Mitte zwischen zwei und null. Wenn ich nicht etwas nachgegeben hätte, wären wir wahrscheinlich gar nicht gefahren. Je näher unser erster Urlaubstag rückte, desto mehr neigte meine Frau zu Qualles Position, was soviel hieß wie: Sommertheater bis hinein in die nächste Saison. In der Zeit, die ich dann im Büro gesessen hätte, hätte ich eine zweite Agentur aufmachen können.

Bisher hatte sich meine Frau um die Urlaubsplanung gekümmert. Ihr verdankte ich eine Reihe von Fernreisen in Klimazonen, die ich aus freien Stücken nie betreten hätte. Diesmal hatte sie nur einen Wunsch: Sie wollte nicht allzu weit weg. Und es mußte gewährleistet sein, daß sie pünktlich zur nächsten Vorstellung wieder zurück war. Alles andere überließ sie mir.

Ich glaube nicht, daß es für jemanden wie mich einen Traumurlaub gibt. Aber wenn ich schon verreisen mußte, um ein paar Tage mit meiner Frau zu verbringen, dann schwebte mir etwas Ruhiges, Abgeschiedenes vor, eine Art einsame Insel ohne Sehenswürdigkeiten, Touristenattraktionen und Unterhaltung in irgendeiner Form. Die Dame im Reisebüro empfahl mir zunächst die Malediven, die zum großen Teil aus Hotels auf Sandbänken bestanden, wo es nichts gab außer Palmenstrand und Vollpension. Das kam meinem Ideal von Langeweile schon recht nahe, lag aber zu weit weg. Im Gegenzug dachten wir an Österreich und die

Schweiz. Dort fanden sich diverse Täler, wo man noch wie vor hundert Jahren zu Untätigkeit und Kaffeetrinken verurteilt war und eine Aussicht genoß, die allenfalls durch einige rüstige Rentnerehepaare auf Wanderschaft gestört wurde. Aber das erschien mir wiederum zu nah. Ich wollte auch in dringenden Fällen unerreichbar sein.

Am Ende kam ich mit einer Woche All-Inclusive in einem türkischen Fünf-Sterne-Hotel nach Hause. Die High-Class-Anlage befand sich eine Autostunde von Antalya entfernt an einem dünn besiedelten Küstenstrich, wo neben anderen Hotels nur eine Schlafstadt für das Hotelpersonal aus dem Boden gestampft worden war. Im engeren Umkreis existierten keinerlei Museen, Märkte oder Bazare, nur ödes Hinterland mit ein paar Kiefernschonungen, die der Sonne trotzten. Es gab also keinen Grund, das Hotelgelände zu verlassen. Innerhalb der Umzäunungen herrschte Vollversorgung rund um die Uhr, wir brauchten uns um nichts zu kümmern. Das Gehege schien weitläufig genug, um anderen Gästen aus dem Weg zu gehen, und der Preis zu hoch für all jene, die sich im Urlaub nur betrinken wollten. Außerdem war es das einzige halbwegs akzeptable Angebot, das uns nach all dem Hin und Her noch blieb. Meine Frau wirkte nicht gerade begeistert, als ich ihr die Prospekte zeigte. Aber die Flugzeit betrug in etwa drei Stunden, es war nicht weit weg und nur für eine Woche. Also sagte sie ja.

Allerdings brachte sie kaum den Elan auf, ihre Koffer zu packen. An alles mußte ich sie erinnern. Je näher unsere Reise rückte, desto weniger hielt sie es für nötig, Vorfreude zu heucheln. Sie war nicht Schauspielerin geworden, um sich auch noch privat zu verstellen. Aber damit konnte ich leben. Was mir zu schaffen machte, war das Gefühl, meine Frau zum ersten Mal zu etwas zu zwingen.

Natürlich war ich davon überzeugt, daß sie anders denken würde, wenn wir erst einmal in der Sonne saßen und türkischen

Mokka tranken. Es würde ihr gut tun, ein paar Tage auszuspannen, viel zu schlafen, gut zu essen und nichts zu unternehmen außer ein paar Strandspaziergängen zu Verdauungszwecken. Wir würden die gekaufte Sorglosigkeit genießen und Kraft tanken für die nächsten Monate. Und es würde ihrer Karriere sicher keinen Abbruch tun, wenn sie sieben Nächte lang nicht auf der Bühne stand (zumal gleich im Anschluß eine Serie von mehr als zwanzig Vorstellungen en suite auf sie wartete). Aber genau das waren die Dinge, von denen Leute überzeugt sind, die andere zu ihrem Glück zwingen wollen.

Ich hatte noch genügend Arbeit, um mich bis in die Nacht vor unserem Abflug selbst zu beschäftigen. Etwa anderthalb Stunden nach Ende ihrer vorläufig letzten Vorstellung knipste ich im Büro das Licht aus und fuhr nach Hause. Ich nahm an, sie würde heute nicht ganz so spät kommen, schließlich mußten wir am nächsten Morgen früh raus. Unterdessen ging ich einmal mehr meine Checkliste durch und kontrollierte die Tickets und Pässe. Das dauerte beim besten Willen nicht länger als bis eins, doch von meiner Frau fehlte noch immer jede Spur. Also schaute ich mir die Reisewettervorhersage für Antalya an.

Die nächste Woche versprach wenig Abwechslung: konstant wolkenloser Himmel bei Tagestemperaturen um die 37 Grad und circa 20 Grad in der Nacht. Das stellte nicht gerade eine logistische Herausforderung dar. Mit ein paar Extra-T-Shirts und Badezeug würden wir bequem über die Runden kommen. Trotzdem packte ich noch einen Pullover ein, falls es wider Erwarten kühler werden sollte. Ich dachte sogar an Regenjacken für alle Eventualitäten und lief ein paar Mal unentschlossen zwischen Kleiderschrank und Koffer hin und her, wobei ich den einen oder anderen Blick aus dem Fenster riskierte. Unten auf der Straße tat sich nichts. Ich hängte die Regenjacken wieder zurück, um vor meiner Frau nicht als Spießer dazustehen. Ein dunkelblauer

Kombi verlangsamte auf der Suche nach einem Parkplatz und bog dann in eine Seitenstraße ab. Es war an der Zeit, mir einzugestehen, daß ich völlig sinnlos auf sie wartete. Aber ich spionierte ihr nicht nach, ich packte nur meinen Koffer ein und aus.

Irgendwann hörte ich auf, mit ihr zu rechnen. Natürlich war es für sie das einfachste, unseren Urlaub zu schwänzen und zum Zeitpunkt des Abflugs gar nicht erst aufzutauchen. Doch dafür brauchte sie mich nicht warten zu lassen, das hätte sie mir auch sagen können. Ich hörte noch einmal die alten Nachrichten auf unserem Anrufbeantworter ab, desgleichen die Mailbox meines Handys. Nichts. Vielleicht war endlich das eingetreten, womit ich seit dem ersten Tag unseres Zusammenseins gerechnet hatte, und sie war einfach abgehauen.

Ich suchte bereits nach Worten, mit denen man einem Reiseveranstalter das Verschwinden seiner Frau plausibel machen konnte, als gegen halb drei ein Taxi vorfuhr. Ich war so erleichtert, daß ich ohne zu zögern die Treppen hinuntergerannt wäre, um ihr zu sagen, daß wir natürlich hierbleiben würden, wenn sie es wollte. Ich war bereits auf dem Sprung. Doch irgend etwas stimmte nicht. Das Taxi hielt, aber sie stieg nicht aus. Niemand stieg aus.

Ich trat einen Schritt vom Fenster zurück, löschte das Licht und schaute hinunter. Das Taxi stand direkt vor unserer Einfahrt, der Motor lief, aber die Türen blieben geschlossen. Für einen Moment dachte ich, meine Frau hätte vielleicht nicht genügend Bargeld bei sich, um den Taxifahrer zu bezahlen, aber dann wäre sie ausgestiegen und hätte geklingelt. Und falls sie der gute Mann vergewaltigen wollte, hätte er sie wohl kaum bis vor die Haustür gebracht.

Herumzuspionieren war nicht meine Art (ich wollte in der Regel lieber nicht wissen, was hinter meinem Rücken passierte). Doch nach fünfzehn tatenlosen Minuten mit immer abstruseren Sorgen hielt ich es nicht mehr aus und rannte die Treppe hinunter, um nach dem Rechten zu sehen.

Es lag mir fern, mich anzuschleichen und die Insassen des Wagens bei was auch immer zu überraschen. Von daher nahm ich nicht den Hinterausgang, sondern die Haustür und stieg bei voller Beleuchtung die Stufen des Portals hinab. Niemand sollte nachher sagen können, er habe mich nicht kommen sehen. (Falls hier etwas hinter meinem Rücken geschah, war dies für alle Beteiligten das Zeichen, daß ich mich umgedreht hatte.)

Langsam, mit vernehmlichen Schritten, näherte ich mich dem Taxi. Das Wageninnere war dunkel bis auf das Glimmen der Armaturen und etwas Streulicht von den Straßenlaternen. Soweit ich sehen konnte, saß auf dem Beifahrersitz niemand. Aber die Rückbank war besetzt. Ich duckte mich leicht, um in dem Schattenriß das Profil meiner Frau zu erkennen. Es war mir bewußt, daß sie mich besser sehen konnte als ich sie, also versuchte ich mit einer kurzen Geste zu klären, ob sie Hilfe brauchte. Doch sie war es nicht. Der Kopf im Seitenfenster gehörte einem Mann.

Abrupt blieb ich stehen. Im selben Augenblick wurde die Tür auf der anderen Seite aufgestoßen, das Licht ging an, und meine Frau stieg aus dem Wagen. Sie plauderte noch ein bißchen mit dem Mann auf der Rückbank und sagte dem Fahrer vielen Dank. Dann schenkte sie mir das erste Lächeln seit Tagen und stellte mich ihrem Begleiter vor, der seine Tür ebenfalls öffnete, aber nicht ausstieg. Ich schüttelte die Hand, die er mir entgegenstreckte. Was blieb mir anderes übrig.

»Das ist Mike«, erklärte sie mir, während der Mann, neben dem sie gesessen hatte, nickte und einen Gruß vor sich hin murmelte.

»Hallo«, sagte ich mit einer Stimme, die nicht nach mir klang, »hallo, Mike.«

Wer zum Teufel war das?

Wir tauschten Belanglosigkeiten aus wie »schöner Abend«, »spät geworden«, »nett, Sie kennenzulernen, Mike«. Wie aus großer Entfernung hörte ich mich reden. Dann verabschiedete sich meine Frau von ihm mit einem Kuß auf die Wange, und wir winkten eine Weile den Rücklichtern des Taxis hinterher. Es war alles vollkommen unwirklich.

Während wir die Treppe hinaufstiegen, hakte sie sich bei mir ein wie so oft in all den Jahren. Doch es war plötzlich etwas völlig anderes. Ich verkrampfte am ganzen Körper, als hätten wir uns nie berührt. (Was sollte das jetzt? Wollte sie mich damit trösten?) Jeder Blick in ihre Richtung, jede halbwegs normale Reaktion bedeutete eine Überwindung. Als ich den Schlüssel hervorkramte, legte sie eine Hand auf meine Schulter. Es gelang mir, nicht zurückzuzucken. Doch ich wußte im selben Moment, daß es zu spät war. Ich hatte den Kampf gegen die Eifersucht verloren.

Meine Frau schwankte ein bißchen auf dem Weg zur Garderobe. Während sie ihre Schuhe abstreifte, stützte sie sich an der Wand ab. Ich stellte mich hinter sie und half ihr aus dem Mantel. Ich konnte nicht anders, ich mußte herausfinden, ob sie nach ihm roch. Sein Aftershave kannte ich von den Duftspuren in meiner Hand. Wir redeten irgendwas. Doch ich hörte nur, daß sie leicht mit der Zunge anstieß wie immer, wenn sie zuviel getrunken hatte. »Wie war die Vorstellung«, fragte ich, um nicht zu fragen, wer ist Mike und wo wart ihr so lange?

»Weiß nicht«, antwortete sie schon auf dem Weg ins Bad, »irgendwie ein bißchen schlapper als sonst.« Sie klang auf einmal sehr betrunken, aber vielleicht war das auch nur die Müdigkeit.

»Das kommt dir nur so vor, weil du den Vergleich hast«, rief ich als braver Agent gegen die geschlossene Badezimmertür. Doch mein einziger Gedanke war: Willst du mir nicht endlich sagen, was los ist? Von drinnen kam nur das Prasseln eines Wasserstrahls.

Sie brauchte es mir nicht zu sagen. Ich wußte, daß sie mich betrog. Ich hatte es im Grunde immer schon gewußt. Mein Irrtum bestand lediglich darin zu glauben, daß es mich deshalb nicht so hart treffen würde. Das Gegenteil war der Fall.

Dabei war strenggenommen nichts passiert: Sie hatte mit Mike ein bißchen was getrunken, es war spät geworden, die beiden hatten zusammen ein Taxi genommen und waren bis vor unsere Haustür gefahren, dort hatten sie noch ein wenig geplaudert und sich schließlich mit einem Kuß auf die Wange verabschiedet. Das alles mußte nichts heißen. Auf etlichen Partys mit etlichen Männern war meine Frau weiter gegangen. Und doch war es etwas anderes. Nicht, weil ihr Nacken nach seinem Aftershave roch. Nicht, weil sie so anschmiegsam war wie immer, wenn sie ein schlechtes Gewissen hatte. Ich wußte es, weil der Taxameter die ganze Zeit lief, während sie mit ihm sprach.

Ich hörte die Klospülung rauschen und trat ein paar Schritte zurück. »Er hat sich allerdings königlich amüsiert«, rief sie aus dem Badezimmer, Händewaschen.

»Wer?«

»Mike! Er war in der Vorstellung.« Es hörte sich an, als würde sie mit hochgezogenen Augenbrauen vor dem Spiegel stehen und sich die Haare bürsten, es klang unfaßbar normal. »Erst hatte ich ein bißchen Angst, daß er sich auf den Schlips getreten fühlen könnte, wahrscheinlich sogar mit mehr Recht als du, aber er hat es mit Humor genommen.«

»Aha.« Sie schien fest davon auszugehen, daß ich ihn nicht umbringen würde, sobald ich wußte, wer er war.

»Er hat sich total verändert. Wenn ich bedenke, was für Szenen Mike mir früher gemacht hat...« Nein, nicht der Mike! Doch nicht ihr drogensüchtiger, schizophrener Ex-Freund! Der Musiker und Hausfriedensbrecher, der auf seinen Konzerten zum Massenmord an Blondinen aufrief und morgens in ihrem Schlafzimmer stand, um sich mit zerbrochenen Bierflaschen die Kopfhaut zu massieren! »... und wie locker er dagegen heute ist«, schwärmte sie weiter hinter der Badezimmertür, »ich meine, Humor war für ihn damals ein Fremdwort!«

»Sag bloß.«

Warum hatte sie Mike nicht gleich hinaufgebeten und ihm die Schublade mit den Tranchiermessern gezeigt? Warum betrog sie mich ausgerechnet mit einem drogenabhängigen Halbirren, der in etwa so humorvoll war wie eine Kettensäge?

»Natürlich existieren die unterschiedlichsten Arten von Humor, und jeder hält seinen für den einzig wahren. Aber ich finde, es gibt ein todsicheres Kriterium: Kann jemand über sich selber lachen oder nicht? Und das hätte ich Mike, ehrlich gesagt, nicht zugetraut.«

Ich fand, es gab noch ein Kriterium: Gemeingefährlichkeit.

»Hey, wie siehst du denn aus?« schaute sie mich entgeistert an, als sie aus dem Bad kam. Vermutlich sah ich so aus wie jemand, der gerade erfahren hat, daß seine Frau ihn mit der deutschen Ausgabe von Marylin Manson betrügt.

»In vier Stunden fliegen wir«, brachte ich heraus und zückte meine Brieftasche, um zum soundsovielten Mal nachzusehen, ob ich die Tickets hatte. »Das heißt, natürlich nur, wenn du willst.«

»Ich hab mich damit abgefunden, okay?« sagte sie schläfrig und gab mir einen Kuß, der nach Creme schmeckte. »Meinst du, ich kann mich noch ein Stündchen hinlegen?«

»Und was macht er jetzt?« fragte ich – auch für mich völlig unvermittelt, »beruflich, meine ich.« Das war ein Fehler. Es hätte natürlich heißen müssen: Ja, ruh dich ein bißchen aus, ich kümmere mich um alles.

»Mike?« Sie schüttelte den Kopf. »Du wirst lachen. Er arbeitet jetzt als Kundenberater bei der Bank und komponiert nebenbei Werbetrailer.«

Ich lachte nicht.

»Er träumt sogar von einer Familie. Frau, Kinder, Kombi, mit allem Drum und Dran. Aus den wildesten Anarchisten werden immer die größten Spießer, es ist wirklich unglaublich. Aber ihm kann man es wenigstens sagen.« Sie rollte den Kopf in den Nacken. »Bist du gar nicht müde?«

»Ich hab schon geschlafen«, log ich, »leg du dich nur hin. Ich kümmere mich um den Rest.« Die Ruhe, mit der ich das sagte, war mir selber unheimlich. »Brauchst du irgendwas Besonderes für den Strand außer Badelatschen?«

»Frag mich morgen früh noch mal.« Mit einem Ruck setzte sie sich in Bewegung, und ich trat zur Seite. »Gute Nacht.«

»Du bist ein Schatz.« Ohne jede Berührung ging sie an mir vorbei und fiel ins Bett.

Anstatt die Einrichtung zu zertrümmern, zählte ich bis zehn und dann noch einmal bis hundert. (Wie konnte sie jetzt nur so seelenruhig schlummern?) Dann konzentrierte ich mich aufs Packen. In ihrer Reisetasche herrschte ein ziemliches Chaos, ihr Koffer war fast leer, aber ich fand ein paar Tops, von denen ich wußte, daß sie ihr im Moment gefielen. Außerdem war es ja nur für eine Woche.

Möglicherweise ließ sich über die Taxizentrale herausbekommen, wo er wohnte. Wenn Mike ein neues Leben begonnen hatte, dann war es vielleicht an der Zeit, ihn heimzusuchen in seiner schnuckeligen kleinen Spießerbude, um mit ein paar zerbrochenen Bierflaschen auf alte Zeiten anzustoßen!

Schwang bei ihren Erklärungen nicht eine Spur von Bedauern mit?

Wenn es stimmte, was sie sagte, war Mike geheilt, nicht nur von seiner Drogensucht, sondern auch von meiner Frau. Ich hätte völlig abgestumpft sein müssen, um nicht zu merken, wie sie das juckte. Es machte ihr mehr als nur Spaß, ihn zu provozieren und aus der Reserve zu locken, sie wollte wissen, ob er noch »der Alte« war. Und es würde ihr keine Ruhe lassen, bis sie herausgefunden hatte, »wieviel sie ihm noch bedeutete«, mit anderen Worten, wieviel Macht sie noch über ihn besaß. Das war normal.

Sie hatte keins von ihren Kleidern rausgehängt. Doch es war absehbar, daß sie sich ärgern würde, wenn sie beim Dinner oder anschließend in der Bar mehr oder weniger in Jeans und T-Shirt herumlaufen mußte. Also packte ich ihr zwei leichte Sommerkleider ein und legte ein paar Seidentücher und Schals dazu, mit denen sie ein bißchen »zaubern« konnte. Sie wogen praktisch nichts. Dann füllte ich in aller Ruhe die Gepäckaufkleber aus.

Niemand konnte eine Frau davon abhalten, sich ihrer Attraktivität zu versichern und auszuprobieren, welche Faszination sie noch auf einen Mann ausübte, der einmal von ihr besessen war. (Im Zweifelsfall hatte das Hotel sicher auch eine Boutique und einen Wäscheservice.) Daher beschränkte sich meine Hoffnung auf Mike und seine Therapierbarkeit. Wenn er inzwischen nur ein bißchen klüger war, mußte er durchschauen, daß es hier um ein Machtspiel ging, bei dem er nur verlieren konnte. Sobald er den Lockungen meiner Frau nachgab, würde sie sich bestätigt fühlen und ihn fallenlassen. Blieb er standhaft, war es nur eine Frage der Zeit, bis sie ihn langweilig fand und sich ein neues Spielzeug suchte. Mike hatte nur die Wahl zwischen zwei Unmöglichkeiten. Das dachte ich, bevor ich die Kondome in ihrer Hosentasche fand.

2 IWAN REBROW

Wir kamen gegen Mittag im Hotel an und wechselten von dem klimatisierten Shuttlebus in die klimatisierte Lobby. Die schwüle, schweißtreibende Hitze streifte uns nur kurz. An der Rezeption starrten wir auf Uhren aus sämtlichen Zeitzonen und bekamen Sekt mit Orangensaft gereicht, während zwei junge Türken mit gegelten Haaren und guten Deutschkenntnissen unsere Hotelvoucher bearbeiteten. Der Empfangsbereich ging in eine Lounge mit Barbetrieb über. Glasfassaden gaben den Blick frei auf die angrenzende Terrasse, den Hotelpool und das sich in dunstiger Ferne verlierende Meer. Ein leichter Benzingeruch hing in der Luft, der von den vorfahrenden Taxen und Limousinen stammte. Er vermischte sich mit einem Duty-Free-Parfum unbekannter Herkunft.

Gelegentlich latschten Hotelgäste in kleineren Grüppchen an uns vorbei zum Mittagsbüffet in den Speisesaal. Pärchen, die schon gegessen hatten, versanken in Sitzgruppen und schwiegen sich an. Niemand grüßte, alle waren vollständig bekleidet. Deutsche entdeckte ich zu meiner Erleichterung keine.

Wir wurden mit einem kleinen Gepäckwagen durch parkartige Grünanlagen zu unserem Apartment gefahren. Der bullige Kofferträger erklärte mir voller Begeisterung die Klimaanlage, schaltete den Hotelfernseher an und klappte die Minibar mehrmals auf und zu. Ich bedankte mich wie immer im Ausland auf Englisch, obwohl er die ganze Zeit Schwäbisch mit mir gesprochen hatte.

Das Apartment war hell, ruhig und abgelegen. In der Ferne hörte man das gelegentliche Aufschlagen von Tennisbällen. Aber unter der Mittagssonne verlor sich auch das. Meine Frau ging duschen. Ich nahm mir ein Mineralwasser aus der Minibar und trat auf den von Kiefern umschatteten Balkon. Hier würden wir also die nächsten sieben Tage verbringen.

Meine Frau schlief die meiste Zeit, das war schließlich einer der Gründe, warum wir hergekommen waren. Unterdessen wanderte ich mit dem Schatten von einem Liegestuhl zum anderen und sah den massigen russischen Familienvätern zu, wie sie mit maschinengewehrartigen Wasserpistolen auf ihre Kinder schossen. Westeuropäer gab es hier kaum, nur ein paar Belgier und Franzosen sowie ein Pärchen aus Schweden, beide mit milchweißer Haut und dünnen blonden Haaren. Die wenigen Deutschen fühlten sich von den mafiös aussehenden Russen mit ihren Modelschönheiten dermaßen eingeschüchtert, daß sie sich zurückhielten. In der Regel saßen sie Karten spielend unter Sonnenschirmen oder dösten auf Luftmatratzen im Pool. Da meine Frau in den ersten Tagen weitgehend auf dem Zimmer blieb, hielten mich die meisten für einen Engländer, offenbar die einzige Spezies der Welt, die allein reiste. Mir sollte es recht sein. Die Nachmittage verbrachte ich in dem großangelegten Hobbykeller des Hotels, wo ich gegen einen stummen, todernsten Jungen mit abstehenden Ohren Tischtennis spielte. Wenn ich nach Stunden die Platte verließ, schob er sie an die Wand und spielte bis zum Abendessen weiter gegen sich selbst. An der Sonne sah ich ihn nie.

Wir hatten nicht viel Zeit, uns einzuleben. Von daher wollten wir keine Abwechslung, sondern ein Maximum an Routine. Wir gingen zu denselben Zeiten essen, setzten uns anschließend in dieselbe Bar und tranken immer das gleiche. Die Kellner kannten unsere Bestellung bald auswendig. Schon am zweiten Abend waren wir Stammgäste.

Irgendwann zog meine Frau an den Pool um und legte sich

statt ins Bett auf eine Liege am Beckenrand, wo sie auch nichts anderes tat als lesen und schlafen. (Ihre Müdigkeit war schon nicht mehr normal.) Nach dem Tischtennis mit meinem schweigsamen kleinen Partner holte ich sie ab, und wir machten einen lahmen Strandspaziergang durch die abflauende Hitze, um die Ereignislosigkeiten des Tages auszutauschen. Es waren fast ausschließlich die Russen, die für Gesprächsstoff sorgten, abgesehen von einem Deutschen mit Schnauzbart und Säuferstimme, den wir »Bierchen« nannten. (Er begrüßte auffallend viele Türken mit den Worten »Murat, alter Freund!« und war im wirklichen Leben Kneipenwirt in Castrop-Rauxel.) Doch sogar Bierchen konnte seine Peinlichkeit nicht voll entfalten und verstummte jedesmal, wenn sich die beiden kirgisischen Killer zu ihm an die Theke setzten, zwei schwere Jungs mit ausdruckslosen Gesichtern und Augen, die alles gesehen hatten. Sie wurden nie laut oder ließen sich zu einer plötzlichen Bewegung hinreißen. Doch wo immer sie hinkamen, schlug ihr Schweigen ein wie ein Beil.

Unser Lieblingsthema war Iwan Rebrow, ein kolossal fetter Pate mit einem kleinen Gesicht und riesigen Koteletten. Er und seine Leute hielten eine halbmondförmige Ausbuchtung des Pools besetzt. Neuankömmlinge, die frühmorgens ihre Handtücher auf die Liegestühle in Rebrows Umkreis gelegt hatten, um sich die besten Plätze zu reservieren, verzogen sich noch im Laufe des Vormittags unauffällig. Er selbst stand die meiste Zeit bis zu den Brustwarzen im Wasser und telefonierte, während ihn eine junge, hübsche Frau umschwamm, die seine Tochter, wenn nicht gar seine Enkelin hätte sein können. Es mußte sich entweder um ein sehr talentiertes Callgirl handeln oder um eine wahrhaftige Unschuld vom Lande. Denn sobald Rebrow den Hörer aus der Hand legte, umspielte sie seine Leibesfülle mit einer solch ungekünstelten Zärtlichkeit, daß man meinen konnte, sie würde diese Speckröllchen und Wulste wirklich lieben. Sie hatte eine geradezu kindliche Freude daran, ihn naß zu spritzen oder seinen vergleichsweise winzigen Kopf unterzutauchen. Wenn er sie in die Arme nahm, schmiegte sie sich mit geschlossenen Augen an seinen schwartigen Hals und ließ sich von ihm wie über imaginäre Schwellen durchs Wasser tragen.

Natürlich war das kein Grund, romantisch zu werden: Rebrow hatte diese Frau gekauft. Solange sie ihn unterhielt und zufriedenstellte, würde er für sie sorgen. Sobald er sie satt hatte, war das schöne Leben vorbei. Man konnte seiner Konkubine nur wünschen, daß sie keine Dummheiten machte und mit anderen Männern anbändelte. Eine Zukunft hatte sie nur, wenn sie ihrem Versorger zum geeigneten Zeitpunkt – nicht zu früh, nicht zu spät – ein paar gesunde Kinder schenkte. Das war ihre beste Lebensversicherung. Allerdings erweckte sie nicht den Eindruck, als müsse man ihr das erklären. Wie die meisten All-Inclusive-Russinnen gehörte sie zu der Kategorie »professionelle Ehefrauen«, die sehr genau wußten, was sie zu tun und zu lassen hatten. Andere Männer schauten sie gar nicht erst an.

Zwischen Prostitution und Ehe bestand für die meisten Mafiosi nur ein gradueller Unterschied: Eine Ehefrau war teurer, aber exklusiv. Das sah Rebrow sicherlich nicht anders als die niederen Chargen, deren Status man unschwer an den Silikonbrüsten und aufgespritzten Lippen ihrer Begleiterinnen ablesen konnte. (Stulpenartige Schmollmünder schienen in Moskau und Umgebung derzeit groß in Mode zu sein.) So wie Rebrow am Pool Hof hielt, war er weit und breit das höchste Tier. Er hätte sie alle haben können, die langbeinigen, chirurgisch aufgerüsteten Luxusgeschöpfe, die in Haute Couture und knappen Bikinis am Beckenrand defilierten. Aber Rebrow hatte Geschmack. Er wollte etwas Echtes für sein Geld. Die Tussis, die nahezu deckungsgleich mit den Titelblättern ihrer Modezeitschriften westliche Coolness und Nonchalance zur Schau trugen, entlockten ihm nicht mal ein Wimpernzucken. Doch seine Stirnglatze fing jedesmal an zu glänzen, wenn seine Kleine ihn anstrahlte. Sie hatte ein so breites, schelmisches und unverbrauchtes Lächeln, als hätte sie gerade noch bei der Heuernte geholfen. Ich verbrachte einen Vormittag nur wenige Tische von ihr entfernt im Café und beobachtete aus den Augenwinkeln, wie einer von Rebrows Leibwächtern ihr das Essen mit Messer und Gabel beibrachte.

Meine Frau wußte immer das Neueste vom Paten. Ihre Liege stand schräg gegenüber auf der anderen Seite des Pools. Insofern hatte sie ihn den ganzen Tag im Auge. Dafür kam ich auf meinem Weg zur Tischtennisplatte an dem Apartmentflügel vorbei, in dem er mit seinen Leuten untergebracht war. Ich konnte also einen gelegentlichen Blick auf die leeren Flaschen und Gläser werfen, die vor den Türen standen, sowie auf die abgezogenen Laken in den Wäschewagen des Reinigungspersonals. Zu unserer großen Enttäuschung entdeckte ich weder Blutflecken noch Leichenteile.

Wir lachten und redeten viel über Rebrow, über Mike verloren wir kein Wort. Ich war bereit, ihn zu vergessen, solange sie ihn nicht erwähnte. Wer meine Frau und mich plaudernd den Strand entlangschlendern sah, mußte denken, wir seien ein glückliches Paar.

Ich verbuchte jeden Abend, an dem das Thema Mike nicht auf den Tisch kam, als persönlichen Erfolg. Die Zeit, schien mir, arbeitete gegen ihn. Schließlich war ein halbwegs harmonischer Urlaub der beste Beweis dafür, daß wir uns nach wie vor gut verstanden (auch wenn meine Frau diesen »harmonischen Urlaub« weitgehend verschlief). Außerdem fiel es mir leichter, meine Eifersucht zu unterdrücken, wenn wir über Dinge redeten, die uns nichts angingen.

Nur durch einen dummen Zufall entdeckte ich, daß sie in meiner Abwesenheit von unserem Zimmer aus telefonierte. Ich hatte vergessen, mir zum Tischtennis andere Schuhe anzuziehen, und stand schon mit gezücktem Schlüssel vor unserer Tür, als ich drinnen ihre Stimme hörte. Die Pausen zwischen ihren Sätzen waren lang. Was sie sagte, verstand ich nicht, ich wollte es auch nicht verstehen. Aber das erklärte natürlich ihre Zurückgezogenheit und ihr übertriebenes Schlafbedürfnis. Sie vermißte ihn.

An diesem Nachmittag spielte ich Tischtennis in Slippern und verlor jedes Match. Anschließend verbrachte ich ein paar friedlose Stunden auf dem Anlegesteg des Hotels, wo ich feisten rotblonden Teenagern dabei zusah, wie sie von einem mit rasender Geschwindigkeit durchs Meer kurvenden Bananenboot ins Wasser geschleudert wurden. Wie ich es auch drehte und wendete, ich hatte mich getäuscht. Dieser Urlaub war ein Fehler. Er hatte ihre Sehnsucht nur vergrößert. Die Zeit war gegen mich gelaufen, jede einzelne Minute.

Ich wußte, daß ich meine Eifersucht nicht zeigen durfte. Wenn man seine Frau an einen anderen Mann verlieren will, gibt es kein sichereres Mittel, als den Gehörnten zu spielen. Damit bringt man sich nicht nur um das letzte bißchen Respekt und Zuneigung, das man vielleicht noch genießt, sondern verschafft ihr auch einen Freibrief, all das zu tun, dessen man sie verdächtigt. (Egal, wie weit sie schon gegangen war, sie wird es von nun an mit reinem Gewissen tun und nicht einmal einen Betrug darin sehen, sondern ihr gutes Recht.) Trotzdem konnte ich der Versuchung nicht widerstehen, mir an der Rezeption unter einem Vorwand unsere Zwischenrechnung ausdrucken zu lassen. Sämtliche Auslandsgespräche meiner Frau waren hier aufgeführt. Sie hatte immer dieselbe Nummer gewählt. Jetzt hatte ich es schriftlich.

Ich holte sie an diesem Abend zu unserem Strandspaziergang ab wie immer. Sie erzählte von Iwan Rebrow und »der Geisel«, einem etwa dreijährigen Mädchen mit Schwimmflügeln, das von zwei Bodyguards regelmäßig zum Pool begleitet wurde, um dort eine halbe Stunde neben Rebrow zu planschen und dann wieder abgeführt zu werden. Es schien weder Mutter noch Vater zu haben. Mit seinen weißblonden Haaren und leuchtend blauen Augen sah es alles andere als »russisch« aus, und selbst wenn

Rebrow sich dazu herabließ, mit ihm zu sprechen, was selten genug vorkam, blieb es stumm. Wahrscheinlich war es ein Waisenkind, das der Pate in seine Obhut genommen hatte, die Tochter eines toten Freundes oder einer ermordeten Geliebten, das lag nahe. Doch wir waren uns einig, daß es sich um eine Geisel handelte, die der Pate versäumt hatte umzubringen und die ihm mit der Zeit ans Herz gewachsen war.

Ich steuerte ein paar interessiert klingende Bemerkungen bei und schaffte es sogar, eine gewisse Munterkeit an den Tag zu legen, wann immer meine Frau mir ins Gesicht sah. Meine zwischenzeitlichen Absencen gingen aufgrund der enormen Hitze als Konditionsschwankungen durch. Dabei war ich keineswegs zerstreut, ich dachte vielmehr nur einen, einzigen Gedanken: Es war das falscheste, was ich tun konnte, aber ich mußte unbedingt diese Nummer anrufen, heute noch!

Beim Abendessen brauchte ich mich nicht sonderlich anzustrengen, um Übelkeit zu simulieren. Vor Eifersucht brachte ich kaum einen Bissen herunter. Ich war voll davon. (Man kann nicht allein von Luft und Liebe leben, aber sehr wohl von Luft und Eifersucht.) Meine Frau schaute mäßig besorgt von ihrem Gemüse-Kebap auf. Es sei nichts Schlimmes, zuviel Sonne vermutlich, winkte ich ab und entschuldigte mich, um ein, zwei Tabletten zu nehmen. Ich fühlte mich tatsächlich etwas wacklig auf den Beinen, während ich mich durch die Verkehrsströme der Büffetgänger schlängelte. Doch sobald ich außer Sichtweite war, fing ich an zu rennen. Ich konnte es kaum erwarten zu telefonieren.

Keuchend vor Aufregung und Atemnot erreichte ich unser Apartment und schloß mich ein. Schweiß lief mir über die Augenbrauen, mein Mund war trocken, verklebt. Ich trank einen Schluck Wasser und schaute in den Spiegel, bis mein Atem ruhiger ging. Ich wußte, daß ich bereuen würde, was ich jetzt tat, aber ich konnte ein Lächeln nicht unterdrücken. Dann kramte ich die

Zwischenrechnung aus meiner Hosentasche, nahm mir das Telefon vor und wählte seine Nummer. Ich kam sofort durch. Das Rufzeichen klang verblüffend nah. Wäre es keine deutsche Vorwahl gewesen, hätte man meinen können, Mike sitze im Apartment nebenan.

Ich hatte keine Ahnung, was ich sagen sollte. Natürlich konnte ich ihm drohen: »Laß die Finger von meiner Frau!« Ich konnte zynisch werden: »Weiß dein Bewährungshelfer eigentlich, daß du gerade rückfällig wirst?« Oder ich konnte ihm einen Handel vorschlagen: »Ich bin bereit, die Sache zu vergessen, wenn du sie nie wiedersiehst.«

Ich fühlte mich seit langem zum ersten Mal wieder als Mann.

»Hallo?« knisterte es am anderen Ende. Ich sagte gar nichts. »Hallo, wer ist da?« Ich hatte Mike bislang kaum reden gehört und war mir nicht sicher, ob ich seine Stimme am Telefon wiedererkannt hätte. Aber diese Stimme kannte ich. »Leck mich am Arsch!« brummte sie, dann wurde der Hörer aufgeknallt.

Es war nur Qualle.

»Besser?« fragte meine Frau, als ich mich wieder zu ihr an den Tisch setzte. Ich nickte und breitete die Stoffserviette sorgfältig auf meinen Oberschenkeln aus. Ich hatte ihr unrecht getan. Anstatt mit Mike fernmündlich zu turteln, konnte sie nur von ihrem Job nicht lassen und war Qualle vermutlich mit immer neuen Ideen für einen Russenmafia-Kleinkunstabend auf die Nerven gefallen. Anstatt vor Sehnsucht nach einem anderen Mann zu vergehen, hatte sie lediglich ihre Arbeit vermißt und war für Momente aus der eingefleischten All-Inclusive-Lethargie ausgebrochen. Natürlich hatte sie heimlich hinter meinem Rücken telefoniert, aber nicht um mich zum Narren zu halten, sondern weil sie mir das Gefühl geben wollte, daß sie sich rundum erholte. Ich konnte ihr wirklich nicht böse sein. Appetit hatte ich trotzdem nicht.

Ich war erleichtert, aber auch enttäuscht. Ich hätte schwören können, daß sie mich betrog. Aber ich hatte keine Beweise, sondern nur eine verschwitzte, zerknitterte Zwischenrechnung mit der falschen Telefonnummer. Meine heißeste Spur war eine Niete. Jetzt stand ich mit leeren Händen da. Ich fühlte mich müde und machtlos. Dieser Tag ging an Mike.

Unseren letzten Abend verbrachten wir zusammen mit einem Pärchen aus Bietigheim-Bissingen, das meine Frau am Pool zwangsläufig kennengelernt hatte. (Mein einziger menschlicher Kontakt war und blieb der schweigsame Junge an der Tischtennisplatte. Ich hatte einen Kloß im Hals, als ich ihm erklären mußte, daß ich morgen nicht mehr dasein würde, um mit ihm zu spielen. Er bot mir ohne Worte Revanche an.) Wahrscheinlich hätten wir alle in der Nacht vor dem Rückflug lieber unsere Ruhe gehabt. Doch als meine Frau und ich den beiden Schwaben in der Bar begegneten, konnten wir nicht umhin, sie an unseren Tisch zu bitten, und ihnen blieb nichts anderes übrig, als dankend anzunehmen. Sie war eine auffällige, leicht blasierte Blondine mit künstlich verlängerten Haaren und einer Führungsposition in einer renommierten Partnerschaftsvermittlung, er ein eher ruhiger, gemütlicher Typ, der im Maschinenbau tätig war. Die beiden redeten sich ständig mit Kosenamen an (er nannte sie »Schatz«, sie nannte ihn »Bärchen«), wir nannten sie Frau Bietigheim und ihn Herrn Bissingen.

Natürlich gab Frau Bietigheim den Ton an. Stundenlang konnte sie sich über die russischen Edelnutten und Hostessen aufregen. Ihr war alles zuwider: die obszön kurzen Röcke, die airbagartigen Silikonbrüste und der Mangel an Tischmanieren.

»Habt ihr gesehen, was für Berge die sich beim Frühstück auf den Teller laden«, fragte sie und saugte im Eifer der Entrüstung an ihrem giftgrünen Cocktail, »Melonen, Torten, Cornflakes, egal was, Hauptsache viel, und dann stochern sie ein bißchen darin herum und lassen alles zurückgehen. Von dem, was hier täglich in den Müll wandert, könnte ganz Moskau satt werden!«

»Das ist wahrscheinlich ihre Art zu zeigen, daß es ihnen gut geht«, gab Herr Bissingen zu bedenken. »Wo Lebensmittel so knapp sind wie in Rußland, ist Verschwendung der größte Luxus. Du mußt dir vorstellen, Schatz, die haben alle mal richtig gehungert.«

»Ja, aber das ist doch pervers«, sie sah ihn verständnislos an, »gerade dann sollten sie es wirklich besser wissen.«

»Es ist wie Bulimie, nur mit den Augen«, sagte meine Frau, »sie fressen es nicht in sich hinein und kotzen es aus. Sie stellen es vor sich auf den Tisch und schauen zu, wie es wieder abgeräumt wird.«

Herr Bissingen schien von dem Gedanken fasziniert: »Genau! Es ist wie bei uns. Alle sparen auf einen Mercedes S-Klasse, und diejenigen, die ihn sich leisten können, fahren ihn nicht mal selber!«

»Das kannst du nicht vergleichen«, Frau Bietigheim fand das gar nicht komisch, »es ist ja wohl ein Unterschied, ob ich als Frau mein sauer verdientes Geld zum Fenster rausschmeiße, oder ob ich verpulvere, was irgendein Mafiaboß an Schutzgeld erpreßt hat.«

»Sagt mal«, fragte ich vorsichtig dazwischen, »seid ihr eigentlich sicher, daß die hier alle kein Deutsch verstehen?« Die Bar war nicht gerade gut besucht, doch drei Tische weiter saß ein bulliger Typ mit Stoppelfrisur und stierem Blick, der ein Whiskyglas in seinen riesigen Händen drehte, während seine zierliche Begleiterin bereits zum dritten Mal Richtung Toilette stöckelte. Am Tresen lehnten, mit dem Rücken zu uns, die beiden kirgisischen Killer, deren Jacketts um ihre Schultergürtel spannten.

»Wir haben hier Meinungsfreiheit, daran werden die sich gewöhnen müssen«, sagte Frau Bietigheim, als hätte sie vergessen, daß wir nicht an einem schwäbischen Stammtisch saßen, sondern in einer All-Inclusive-Bar in einem islamischen Land, »und mich kann niemand daran hindern, es ordinär und abstoßend zu finden, wie diese Frauen sich an alles ranschmeißen, was Geld und Macht hat.«

In dem Moment kam unsere zierliche Tischnachbarin von der Toilette zurück. Eine schwere, schwülstige Duftwolke breitete sich aus, die überhaupt nicht zu dieser zarten Person mit ihrer Tänzerinnenfigur paßte.

»Nuttendiesel«, befand Frau Bietigheim verächtlich, während Herr Bissingen mit einer gewissen Sorge die brachialen Oberarme des Russen betrachtete, der nicht einmal den Blick hob, als seine Partnerin sich setzte. Ich war mir inzwischen sicher, daß meine Frau sich innerlich Notizen machte, um Qualle gleich nach unserer Rückkehr einen Soloabend zum Thema deutsch-russische Freundschaft vorzuschlagen.

»Ich meine, Sex und Geld sind doch keine Basis für eine Beziehung! Was wollen die denn den Rest ihres Lebens machen, außer einkaufen und miteinander ins Bett gehen?«

Herr Bissingen und ich warfen uns einen Blick zu. Offenbar hatten wir beide denselben Gedanken, daß es nicht schaden könnte, etwas leiser zu sprechen. In Mafiakreisen waren Menschen schon aus geringfügigeren Anlässen für immer verschwunden.

»Immerhin kann man sagen, sie sind im Kapitalismus angekommen«, nahm meine Frau den Ball wieder auf.

»Das ist nicht Kapitalismus, das ist die Steinzeit«, empörte sich Frau Bietigheim weiter in unverminderter Lautstärke. »Man könnte meinen, die Frauen wackeln mit dem Hintern, die Männer schwenken ihre Brieftaschen, und, schwuppdiwupp, fertig ist die Partnerwahl. Aber so einfach ist das nicht, stimmt's, Bärchen?« Herr Bissingen zuckte zusammen. »Was haben wir in diesem Urlaub schon für Traumpaare gesehen, schwerreiche Drogenbosse, bildhübsche Nutten! Und dann sitzen sie da in den À-la-Carte-Restaurants bei Kerzenschein, haben sich kein Wort zu sagen und würden am liebsten ihr Fünf-Gänge-Menü mit den Händen essen.«

Frau Bietigheim war so gut wie tot.

»Es ist eben nicht alles käuflich«, fuhr sie fort, »es gibt – ich will jetzt nicht sagen ›innere Werte‹, aber ›andere‹. Daß zwei Menschen sich verstehen, daß sie zusammenpassen und miteinander glücklich werden, ist nicht nur eine Frage von Bankkonto und Oberweite. Dazu gehört schon ein bißchen mehr an Kultur, an Herzensbildung und guter Erziehung. Und, siehe da, schon ist es nicht mehr so einfach, den Richtigen zu finden!«

Es war klar, daß sie das sagen mußte, schließlich ging es um ihren Arbeitsplatz. So langsam begriff ich, warum ihr der schwunghafte Menschenhandel der Russen solch ein Dorn im Auge war. Der russische Markt für Heiraten und Partnerschaften war im Gegensatz zum wählerischen Westen absolut transparent. Aufwendige Profilanalysen zum Thema Hobbys, literarische Vorlieben, Politik und Makrobiotik entfielen. Die Vorzüge, die unter Russen gehandelt wurden, lagen auf der Hand. Iwan Rebrow brauchte keine Beraterin, um herauszufinden, mit welcher Frau er gerade schlafen wollte. Und die kirgisischen Killer waren durchaus in der Lage, selber zu erkennen, welche Braut die größten Brüste hatte. Auf der anderen Seite mußten die Weibchen den fraglichen Männchen nur fünf Minuten beim Telefonieren zuhören, um herauszufinden, wer von ihnen der Boß war.

»Vielleicht ist es auch gerade umgekehrt, und wir können uns von den Russen noch eine Scheibe abschneiden«, dachte ich laut, »ich meine, wer vorher keine Partnerschaftsvermittlung braucht, braucht nachher auch keinen Ehe-Therapeuten.«

»Soll das ein Witz sein?« Frau Bietigheim war nicht amüsiert.

»Es ist nur so ein Gedanke«, beschwichtigte ich, »aber wenn ich einer von diesen Russen wäre und mich hier so sitzen sähe, würde ich wahrscheinlich denken, alle deutschen Männer sind Waschlappen.«

Frau Bietigheim starrte mich an, Herr Bissingen schaute zu Boden.

»Zumindest hätte ich aus russischer Sicht den Eindruck, die Deutschen wüßten nicht, worauf es ankommt, wenn ihr versteht, was ich meine ...« Ich kam ziemlich ins Schwitzen. »Das heißt, für mich als Russe wäre der Fall klar. Ich wüßte, was ich einer Frau zu bieten habe, Unterkunft, eine Kreditkarte und meinen persönlichen Schutz. Und ich wüßte, was ich von ihr erwarten kann, also grob gesagt, Geschlechtsverkehr, ein bißchen Nachwuchs beizeiten und vielleicht ein paar nette Ideen für die Inneneinrichtung. Aber damit hätte es sich schon. Für alle anderen Ansprüche wäre ich nicht zuständig, auch nicht für eine abendfüllende Unterhaltung.« Mit anderen Worten: Als Russe könnte ich ohne schlechtes Gewissen Mann sein.

Jetzt schaute Frau Bietigheim zu Boden, und Herr Bissingen sah mich an.

»Ich meine, wir sitzen hier und fragen uns, warum sich die russischen Pärchen stundenlang anschweigen, aber wahrscheinlich wundern die sich, was wir Deutschen mit unseren Frauen die ganze Zeit reden. Unsere Diskussionen über Selbstverwirklichung, Doppelbelastungen und Im-Stehen-Pinkeln haben die Russen gar nicht nötig. Sie kennen ihre Rechte und Pflichten, deswegen schweigen sie. Es gibt nichts zu besprechen.«

Ich hatte damit gerechnet, daß Frau Bietigheim mit ihrer ganzen Expertise über mich herfallen würde, bevor sie mich als »reaktionär« und »schwer vermittelbar« zu den Karteileichen legte. Aber sie sagte nichts. Wahrscheinlich hatte ich mich in ihren Augen als Gesprächspartner ein für allemal disqualifiziert. Statt dessen versuchte Herr Bissingen, die Situation zu retten.

»Tja«, seufzte er, »man kann die Zeit nicht zurückdrehen.« Er sagte das mit gespieltem Bedauern, aber natürlich hätte ihm klar sein müssen, daß seine Frau in dieser Hinsicht keinen Spaß verstand. Der Blick, mit dem sie ihn strafte, war vernichtend. Mir wurde auf einmal klar, daß ich die Russen beneidete.

»Warum machen wir nicht mal die Gegenprobe?« schlug ich

vor, jetzt war ohnehin alles egal. »Wer von uns wäre in der Lage, innerhalb von fünf Minuten die wichtigsten Rechte und Pflichten in einer modernen, mitteleuropäischen Partnerschaft aufzuzählen? Ich bitte um Handzeichen.«

Doch Frau Bietigheim machte keine Miene, sich an diesem Experiment zu beteiligen, Herr Bissingen hatte gerade erst etwas Falsches gesagt, und meine Frau telefonierte in Gedanken bereits mit Qualle über ihr nächstes Kabarettprogramm. Ich hätte zu gern gewußt, ob »Treue« in dem Katalog ihrer Pflichten aufgetaucht wäre, und wenn ja, an welcher Stelle.

»Also, in dem Punkt muß ich dir recht geben«, sagte sie, nachdem die Stille längst peinlich geworden war, »die Russen halten euch für Waschlappen.« Natürlich hatte meine Frau die Lacher auf ihrer Seite. Sie war das Partytalent und überbrückte die Zeit, bis wir ausgetrunken hatten. Doch es wollte keine rechte Stimmung mehr aufkommen. Frau Bietigheim und Herr Bissingen verabschiedeten sich bald.

3 ELLA

Es regnete nicht, als wir wieder zu Hause ankamen. Vielleicht war es etwas weniger schwül als in der Türkei, aber genauso heiß. Der deutsche Sommer war auch nicht mehr das, was er mal war. Wenn ich die Augen schloß, regnete es Bindfäden.

Ich zahlte das Taxi, gab zuviel Trinkgeld und nahm das Gepäck. Meine Frau eilte die Treppe hinauf, um die Post aus dem Briefkasten zu holen. Ich konnte so schnell nicht erkennen, wie viele Briefe sie erhalten hatte, und vor allem nicht, von wem. Sie drehte mir den Rücken zu. Als ich die Koffer im Flur abstellte, hörte sie bereits den Anrufbeantworter ab. Dabei lachte sie ein-, zweimal kurz, weihte mich aber nicht ein. Offenbar waren die Nachrichten nur für sie.

Eigentlich hätte ich als erstes bei der Agentur durchrufen müssen, doch ich wollte nicht stören und verzog mich ins Bad. Als ich zurückkam, lief immer noch Ellas leiernde Stimme vom Band. Sie mußte ganze Vorträge hinterlassen haben. Irgendwann folgte der ultimative Pfeifton, und meine Frau verließ kopfschüttelnd den Raum.

MODERATOR: *Und jetzt zu unserem nächsten Anrufer am Sorgentelefon, hallo, Sebastian! Na, wo drückt der Schuh?*

ANRUFER: *Tja, also, es geht um einen Kollegen von mir, der noch in Urlaub ist.*

MODERATOR: *Aha.*

ANRUFER: *Ja. Seine Frau hat einen andern.*

MODERATOR: *Und du weißt nicht, ob du es ihm sagen sollst – oder wo liegt das Problem?*

ANRUFER: *Das Problem ist, ich glaube, er weiß es. Aber er hat Angst, es ihr zu sagen.*
MODERATOR: *Das heißt, er geht auf Tauchstation?*
ANRUFER: *Bitte?*
MODERATOR: *Er tut, als wüßte er von nichts?*
ANRUFER: *So ungefähr.*

Ich lüftete und fand ihre Briefe neben meinem Stapel auf der Fensterbank. Einige hatte sie sofort aufgerissen, die anderen waren offenbar Rechnungen. Ich zögerte einen Moment, schaute aber dann doch nicht nach den Absendern. Meine Post und die Zeitung von gestern legte ich auf den Sekretär.

MODERATOR: *Und seine Frau?*
ANRUFER: *Ja, das kommt erschwerend hinzu, sie ist nicht besonders vorsichtig.*
MODERATOR: *Es gibt also Situationen, in denen er den anderen kaum noch ignorieren kann?*
ANRUFER: *Ich glaube, er hat Angst, daß sie's ihm sagt.*
MODERATOR: *Und was wäre daran so schlimm?*
ANRUFER: *Ich denke mal, er will sie nicht verlieren.*

»Möchtest du einen Kaffee?« rief ich und ging weiter in die Küche. Sie stand schon in der Tür. »Entschuldige, ich muß mir noch einmal kurz die Beine vertreten«, sagte sie, »nur eine Viertelstunde.« Ich sah, wie sie ihr Handy einsteckte. Ich wollte es nicht sehen, aber ich guckte zu spät weg.

»Klar«, sagte ich.

MODERATOR: *Aber dieses Versteckspiel kann doch nicht ewig so weitergehen.*
ANRUFER: *Naja, es geht eigentlich schon ziemlich lange.*
MODERATOR: *Und, macht ihn das glücklich?*

ANRUFER: *Das hat er sich, glaube ich, noch nie gefragt. Nur, wie gesagt, sein Urlaub geht langsam zu Ende und …*

MODERATOR: *Ja?*

ANRUFER: *Er kann nicht mehr in sein altes Leben zurück.*

Ich kochte Kaffee. Bevor ich ihn wie immer in die Thermoskanne füllte, spülte ich sie mit heißem Wasser aus. Ich tat das sehr gründlich. Es war nur eine Woche vergangen, doch alles schien unendlich lange her. Dann nahm ich die Zeitung zur Hand und setzte mich. Die Meldungen waren nicht nur von gestern, sondern aus einer anderen Welt. Das einzige, was mich interessierte, war die Frage, ob ich den Anrufbeantworter kontrollieren sollte – nicht um ihre Nachrichten abzuhören, sondern um sicherzugehen, daß sie das Band gelöscht hatte.

MODERATOR: *Du weißt, was zu tun ist, Sebastian, nicht wahr? Und dein Freund weiß es auch.*

ANRUFER: *Es ist nur ein Kollege.*

MODERATOR: *Ihr müßt euch aussprechen, daran führt kein Weg vorbei. Hast du verstanden?*

ANRUFER: *Ja. Ich werd's ihm ausrichten.*

Noch vier Stunden bis zum Beginn ihrer Vorstellung, vier Stunden bis zur Rückkehr in unser bisheriges Leben. Ich rief nicht im Büro an. Bei dem Gedanken an die Agentur fühlte ich mich schlapp.

Ich faltete die Zeitung zusammen und schaute durchs offene Fenster in den unverwandt blauen Himmel. Schwer zu sagen, was mir mehr zu schaffen machte, der Umstand, daß sie mich betrog, oder daß sie sich nicht einmal Mühe gab, es vor mir zu verbergen.

Ich weiß nicht, wie lange ich so dasaß.

Ich hörte meine Frau zusammen mit Ella im Treppenhaus. Sie waren schon an der Wohnungstür, aber ich konnte mich einfach nicht aufraffen und starrte weiter Löcher in die Luft. Ella redete ununterbrochen. Es klang, als wäre ihre Stimme vom Anrufbeantworter übergangslos in unseren Flur gewandert. Die Kommentare meiner Frau beschränkten sich auf das Nötigste. Mit zwei Metern Vorsprung betrat Ella das Wohnzimmer, ich tat überrascht, was mir nicht sonderlich schwerfiel. Sie sah irgendwie anders aus. Doch noch bevor ich fragen konnte, erklärte sie mir, daß die Prellung in ihrem Gesicht von einem Sturz mit dem Fahrrad stamme und nicht von ihrem Mann.

Sie ließ sich zielsicher aufs Sofa fallen. Sie war die erste, die saß.

Ella beteuerte immer wieder, die Beziehung zwischen Sascha und ihr sei rein platonisch. Das Geschlecht spiele gar keine Rolle, sie würden sich einfach nur sehr gut verstehen, und das nicht erst seit gestern! Doch auf einmal habe ihr Mann ihr verboten, sich mit Sascha zu treffen, ohne Angabe von Gründen, er wolle das nicht, basta. Und jetzt würde er sich hinstellen und ihr Betrug vorwerfen! Dabei habe er sie überhaupt erst gezwungen, ihn zu hintergehen. Was hätte sie sonst tun sollen? Sie mußte sich mit Sascha an geheimen Orten treffen, um nicht einen ihrer besten Freunde zu verlieren. Und sie habe wirklich nur mit ihm geredet, was übrigens dringend nötig gewesen sei, weil sich die Situation zu Hause immer weiter zugespitzt habe. Ohne ihn hätte sie weder aus noch ein gewußt. Ihr Mann solle es doch einmal so sehen: Wenn sie in diesen Zeiten Sascha nicht gehabt hätte, wäre ihre Ehe wahrscheinlich schon am Ende! Er sei der einzige Mensch gewesen, der sie verstanden und getröstet habe, in einem rein geschwisterlichen Sinne natürlich. Sie sei schließlich keine Sechzehnjährige mehr, die sich ständig irgendwelchen Kerlen an den Hals werfe, sondern eine erwachsene Frau, die genau wisse, was sie ihrem Mann und ihren Kindern schuldig sei. Ihr müsse man nicht erklären, wieviel auf dem Spiel stehe, und außerdem würde sie Dietmar so etwas nie antun.

Damit erübrigte sich meine Frage: Sascha war Dietmars Freund.

Ella beklagte sich weiter über die krankhafte Eifersucht ihres Mannes, während ich in die Küche ging und frischen Kaffee kochte. In unserem Vorratsschrank fand ich noch ein paar Plätzchen und Salzstangen. (Meine Frau bevorzugte Salzgebäck zum Kaffee.) Doch sie ließ sich nur eine halbe Tasse einschenken und schaute auf die Uhr. Ella wiederholte sich einmal mehr oder war noch immer beim selben Thema. Ich hatte nichts verpaßt.

»... dabei weiß er genauso gut wie wir, daß Sascha sich zumindest physisch nur für Männer interessiert. Neulich habe ich ihn ganz direkt gefragt, ob er sich etwa vorstelle, daß ich mit Sascha schlafe. Und wißt ihr, was er gesagt hat?« Meine Frau verglich ihre Armbanduhr und die Digitalanzeige unseres Videorekorders. »Er hat gesagt: ›Du stellst es dir doch auch vor.‹ Also, ich bitte euch, das ist doch nicht mehr normal!«

Ellas Kaffee wurde kalt. Meine Frau nippte einmal kurz und stellte ihre Tasse wieder ab. Die Sekunden tröpfelten.

»Aber ich sehe überhaupt nicht ein, daß ich auf Saschas Freundschaft verzichten soll, nur weil mein Göttergatte Komplexe hat und jedesmal zum Bettnässer wird, wenn ich mich länger als fünf Minuten mit einem anderen Mann unterhalte. Tut mir leid, ich habe schon zwei Kinder. Höchste Zeit, daß er erwachsen wird!«

»Du, Ella, entschuldige, wenn ich dich unterbreche«, meine Frau rutschte vor bis an die Sofakante, »aber wir sind gerade aus dem Urlaub zurück. In ein paar Stunden stehe ich auf der Bühne, und ich muß wenigstens kurz meinen Text durchgehen. Bitte sei mir nicht böse, aber ich kann jetzt einfach nicht.«

Dabei mußte sie eigentlich erst in zwei Stunden aus dem Haus, doch das konnte Ella nicht wissen. »Ja, aber wo soll ich denn hin? Ich dachte, ich kann bei euch übernachten?«

»Versteh mich nicht falsch, das soll jetzt kein Rausschmiß sein«, das wäre auch zu schön gewesen, »aber was haltet ihr davon, wenn … ich weiß auch nicht«, meine Frau warf mir einen flehenden Blick zu, »vielleicht könntest du …«

Ich sagte nicht »ich?«, aber ich dachte es.

»… vielleicht könntet ihr euch solange unterhalten? Es tut mir wirklich leid, aber ich muß dringend los.«

Ella schwieg. Anscheinend hielt sie eine Unterhaltung mit mir für die Höchststrafe. Meine Frau schaute zwischen uns beiden hin und her, was wohl verzweifelt wirken sollte. Sie war wirklich eine schlechte Schauspielerin, wenn es um tragische Rollen ging. Irgendwann hielt ich das Getue nicht mehr aus und sagte: »Also, von mir aus. Ich muß heute nicht unbedingt ins Büro, noch habe ich Urlaub. Das heißt, wenn Ella mit mir Vorlieb nehmen möchte …«

Mir war natürlich klar, daß es zuallerletzt von mir abhing, ob sie blieb oder nicht, deswegen konnte ich genausogut dafür sein. Es war immer noch besser, den Abend mit Ella zu verbringen, als meine Frau auffliegen zu lassen. Ich wußte, daß sie drauf und dran war, sich mit ihm zu treffen. Aber wenn ich sie jetzt nicht gehen ließ, würde es Komplikationen geben (sie hätte es fertiggebracht, mir die Wahrheit zu sagen), und ich war noch nicht soweit.

Ella gab sich eingeschnappt, hielt aber schon bald ihr eigenes Schweigen nicht mehr aus und seufzte: »Tust du mir einen Schuß Cognac in den Kaffee?«

Es wurde eine lange Nacht. Die Salzstangen hielten nicht einmal bis zum späten Nachmittag. Wir waren von Kaffee-Cognac zum Rotwein übergegangen und verstanden uns immer besser. Als Ella die Standfestigkeit ihres Mannes erörterte (»mit weichen Spaghetti Mikado spielen«), überlegte ich kurz, ob ich Abendbrot machen sollte, schließlich hatte ich seit dem Catering im Flieger nichts Reelles mehr gegessen. Aber es war schon halb elf, und Ella fand, daß wir uns gerade so gut unterhielten. Von daher holte ich nur eine neue Flasche, und wir redeten weiter.

»... ich weiß auch nicht, was ich noch tun soll. Ich habe schon überlegt, ob ich ihm vorschlage, sich eine Geliebte zu nehmen. Diese ewige Monogamie macht mich fertig!«

Sie lachte, und ich lachte aus Höflichkeit mit. »Nein, entschuldige, aber ...«, Ella kriegte sich vor Lachen kaum ein, »der ist von deiner Frau.«

Jetzt hatte auch ich es begriffen.

»Sag bloß, du hast ihr Programm noch nicht gesehen«, amüsierte sie sich, »also, da bist du aber weit und breit der einzige.«

»Es ist mir immer noch lieber, sie erzählt es auf der Bühne als im ...«

»Wart's ab!«

»... als im wirklichen Leben«, insistierte ich, ohne davon überzeugt zu sein. »Wenigstens kriegt sie Geld dafür.«

»Du hast recht«, wechselte Ella die Tonart und rückte noch ein Stückchen näher, »ich meine, sie parodiert zwar dauernd ›ihren Mann‹, aber wir alle wissen, daß es nicht, wie soll ich sagen, ›autobiographisch‹ ist, sondern Kunst, nicht wahr, frei erfunden, eine Kunstfigur. Ähnlichkeiten mit lebenden oder toten Personen sind rein zufällig und unbeabsichtigt.«

Ich war mir nicht sicher, ob sie das ernst meinte, also grinste ich prophylaktisch.

»Ich weiß, daß du nicht so bist«, sie trank einen Schluck und legte ihren Arm tröstend um meine Schultern, »und außerdem gehören zu einem unerfüllten Sexleben immer zwei.«

Ihr Weinatem kitzelte auf meiner Haut.

Zeit verging. Ella säuselte mir Text ins Ohr, doch ich saß nur da wie in Trance und bekam kaum etwas mit. Anscheinend genügte es meiner Frau nicht, mich auf herkömmliche Art zum Narren zu machen, sie mußte auch noch die Öffentlichkeit daran teilhaben lassen. Auf meiner inneren Showbühne erzählte sie in einer

Tour von ›ihrem Mann‹ und erntete dafür schallendes Gelächter. Ich wußte, daß sie gnadenlos gut war, wenn es darum ging, Menschen von ihrer lächerlichsten Seite zu zeigen, sicher hatte sie mich nicht ohne Grund gebeten, der Premiere fernzubleiben. Von daher überlegte ich mir Witze auf meine Kosten und versuchte, meine schlechtesten Eigenschaften zu sehen mitsamt ihren karikaturistischen Zuspitzungen – Eindrücke, wie sie vermutlich Hunderte von Zuschauern jeden Abend mit nach Hause nahmen. Doch ich konnte mir beim besten Willen nicht vorstellen, das Thema eines abendfüllenden Kabarettprogramms zu sein. Erst als Ella mich in die Seite knuffte und fragte, ob ich im Bett genauso passiv sei wie im Gespräch, kam mir der Gedanke, daß meine Frau womöglich gar nicht viel erfinden mußte, um eine Witzfigur aus mir zu machen.

»Hast du eigentlich die Premiere gesehen, oder …«, fragte ich so beiläufig wie möglich.

»Ja, auch«, begeisterte sich Ella, »aber seit der vierten, fünften Vorstellung ist sie noch besser – lockerer halt.«

»Aha«, sagte ich und starrte geradeaus.

»Ich hätte das nicht sagen sollen, stimmt's«, sie leerte ihr Glas, »das geht dir nach.«

»Halb so wild.«

»Nein, nein, ich habe dir den Abend verdorben.«

»Unsinn«, halt einfach nur den Mund!

»Dabei …«, sie warf einen unmißverständlichen Blick auf die Flasche, und ich schenkte ihr nach, »wenn eine Frau sich wirklich nicht beklagen kann, dann sie. Sie weiß ja gar nicht, was sie an dir hat!«

Möglicherweise war es genau das berühmt-berüchtigte Glas zuviel, aber Ella war nicht mehr zu bremsen: »Ich wünschte, mein Mann hätte mehr von dir, von deinem Humor, deinem Verständnis und deiner – wie heißt das noch mal, wenn es einem nicht scheißegal ist, aber man auch nichts dagegen hat? – Toleranz!«

»Laß mal«, auch meine Toleranz hatte Grenzen.

»Nein, bitte«, rief sie laut, »keine falsche Bescheidenheit! Du gehörst nicht zu diesen verkappten Machos, die ihre Frauen wie Leibeigene behandeln und es als Angriff auf ihren Privatbesitz betrachten, wenn jemand ihrer Angetrauten die Hand aufs Knie legt. Ich habe dich noch nie eifersüchtig erlebt, und das, obwohl du nun wirklich allen Grund dazu hättest!«

Sie war betrunken, eindeutig.

»Und weißt du, was der Unterschied ist?« Ich wußte es nicht, aber sie würde es mir sicher gleich sagen. »Du hast begriffen, daß man einer Frau ihre Freiheit lassen muß, wenn man sie halten will! Wer klammert, verliert, so einfach ist das. Du möchtest doch auch keinen Drachen zu Hause sitzen haben, der dir jede Minute vorrechnet, die du zu spät kommst, oder? Ich meine, nur für den Fall, daß du mal ausgehen solltest.«

Ella hob ihr Glas, wie um mit mir anzustoßen, während ich überlegte, wo ich übernachten konnte, wenn sie hier schlief.

»Ach«, seufzte sie, es klang fast nach Schluckauf, »du bist so ausgeglichen, so aufmerksam. Auf dich ist Verlaß, und das weiß Sabine auch. Deswegen nimmt sie sich ja soviel raus. Es ist verdammt ungerecht. Sie hat alle Vorteile einer festen Beziehung und alle Freiheiten des Singletums – und macht sich auch noch mit Erfolg darüber lustig!«

Ellas Glas schwappte über, ich hatte es kommen sehen, Rotweinflecken! So wie sie gestikulierte, war es nur eine Frage der Zeit gewesen. Zum Glück hatte ich Papiertaschentücher und einen Salzstreuer zur Hand.

Interessiert schaute sie mir beim Aufwischen zu. »Jedenfalls, wenn ich noch mal heiraten müßte, dann würde ich dich nehmen und keinen Bauherrn mit Potenzproblemen, das kannst du mir glauben.«

Sie trank aus und stellte ihr Glas ab, Schluß für heute!

»Meine Güte«, sagte ich mit gespieltem Entsetzen, während

ich kleine Salzhäufchen auf dem Teppich verteilte, »es ist schon nach zwei!«

Ella sah mich an, ein bißchen schummerig, aber fest entschlossen. »Weißt du, Basti, du hast im Grunde nur einen Fehler. Du bist vielleicht ein bißchen zu, wie soll ich sagen, zu perfekt, wenn du weißt, was ich meine.«

Es hatte nicht den Anschein, als würden die Flecken je wieder rausgehen.

»Also, das soll jetzt keine Kritik sein, aber Frauen mögen es auch wieder nicht, wenn ein Mann wirklich alles für sie tut. Ein klein bißchen Trotz, ein Rest von, äh, Unverbesserlichkeit muß sein. Sonst fehlt der Stachel, weißt du, es fehlt die Herausforderung! Wir brauchen immer einen Mann, der nicht so will wie wir. Du verstehst …«

Das Salz sog sich voll und färbte sich violett.

»Ich meine, es geht mich nichts an, aber ich glaube, daß deine Frau sich mehr für dich interessieren würde, wenn du ein bißchen, was weiß ich, einfach mal über die Stränge schlägst. Sie ist sich deiner zu sicher, das ist das Problem. Vor einem Mann, der nicht weh tut, hat eine Frau keinen Respekt. Nicht, daß ich Sabines Partei ergreifen möchte, aber in dem Punkt muß ich ihr recht geben: Wenn ich mit jemandem zusammen wäre, der so anständig ist wie du, würde ich mich wahrscheinlich auch langweilen.«

Es sah aus wie ein seltenes Bergkristall.

»Basti?«

»Ja.«

»Das Leben ist nicht so kompliziert, wie du denkst.«

Ella hatte ihre Bluse aufgeknöpft und fuhr sich durchs Haar, damit es nach Schlafzimmer aussah und ihre geschwollene Gesichtshälfte verdeckte. Um ihre Lippen zog sich ein lilafarbener Rand wie von dunklen Trauben, ihr Atem war samtig und warm.

»Deine Frau mit ihrer besten Freundin zu betrügen, wäre zum Beispiel ein erster Schritt.«

»Kommt das nicht schon in ihrem Programm vor?« Ellas Brüste waren mehr länglich als rund, behielten aber ihre Form, auch nachdem sie die BH-Träger über die Schultern gestreift hatte.

»Im Gegenteil. Es wäre ein Überraschungsgag.« Sie beugte sich zu mir herab.

»Und warum läßt sie ihn dann aus?«

Ella lächelte mit offenem Mund: »Weil dir das keiner zutraut.«

Unsere Lippen landeten weich aufeinander, ihre Zunge schmeckte nach Beeren.

»Also gut«, holte ich Luft, »und wie erfährt sie es? Ich meine, wirst du es ihr sagen oder soll ich …?«

»Eins nach dem andern«, flüsterte sie und preßte meinen Kopf in ihren Schoß.

Es passierte nicht viel. Bald klingelte das Telefon, wie immer in schlechten Filmen, wenn es intim wurde. Wir ließen zunächst den Anrufbeantworter laufen, doch es war weder ihr Mann noch meine Frau, sondern Sascha. Keine fünf Minuten später stand Ella schwankend, aber vollständig bekleidet am Fenster und hielt Ausschau nach dem Taxi, das ich ihr bestellt hatte. Ich mußte ihr versprechen, sie nicht zu verraten, falls ihr Mann anrufen oder hier aufkreuzen sollte. Irgendwie stand ich in ihrer Schuld. Sie gab mir zum Abschied einen Kuß auf die Wange und sagte: »Du bist ein Schatz.« Das war alles.

Als meine Frau nach Hause kam, hatte ich den letzten Rest Rotwein längst erledigt und beschlossen, meinen Arbeitsbeginn um mindestens einen Tag zu verschieben. Sie verlangte von mir keine Erklärungen. Daß Ella gegangen war, schien sie nicht zu überraschen. Die Rotweinflecken auf dem Teppich betrachtete sie als Malheur genauso wie die himbeerfarbenen Abdrücke auf meiner Hose, wo ich beim Knutschen mit ihrer besten Freundin in vollgesogenen Salzhäufchen herumgerutscht war.

Meine Frau ging geradewegs ins Bett. Ich saß noch ein bißchen mit mir selbst zusammen und dachte nach oder bildete es mir zumindest ein. Es war Dietmar, der mich aus dem Halbschlaf riß. Er irrte auf der Suche nach seinem Freund durch die Nacht und klingelte bei uns, weil er gehört hatte, daß Ella hier schlief. Von daher hoffte oder befürchtete er, Sascha könne nicht weit sein. Ich sagte wahrheitsgemäß, ich hätte ihn seit Monaten nicht gesehen. Daß Ella auch nicht mehr hier war, sagte ich nicht. Wir unterhielten uns noch ein Weile über den Niedergang des kommerziellen Kinos und seinen neuesten Film, der mir sehr gut gefallen hatte. Dietmar war wirklich ein prima Kerl. Ich hätte die ganze Nacht mit ihm plaudern können, aber er mußte weiter. Mein letzter Gedanke war, was Iwan Rebrow wohl mit einer Frau wie Ella machen würde, wenn er sie erwischte. Ich schlief mit einem Lächeln ein.

Es roch nach Friedhof in dem Blumenladen um die Ecke. Die Luft war schwülstig und feucht. Ich bekam Kopfschmerzen und leichte Anwandlungen von Übelkeit bei den Lilien. Aber das lag womöglich am Restalkohol.

Die Blumensträuße für unsere Klienten bestellten wir meist über einen Lieferservice. Von daher lag mein letztes Floristenerlebnis einige Zeit zurück. Über die Frage, welche Blumen was sagen, wenn man sie sprechen läßt, hatte ich noch nie nachgedacht. Bei uns in der Branche ging sowieso jeder davon aus, daß die meisten Sträuße unausgepackt in irgendwelchen Hotelzimmerwaschbecken verschimmelten. Entscheidend war die Geste (und damit die Größe), jedenfalls bei sämtlichen Blumengebinden, die ich in den letzten Jahren von Amts wegen überreicht hatte. Privat war ich so ziemlich aus der Übung.

»Was ist denn der Anlaß?« erkundigte sich die junge Frau mit der grünen Schürze und einer Gartenschere im Anschlag. Sie sah so gesund und erdverbunden aus, daß ich unweigerlich dachte, gut gecastet!

»Ja, also, der Anlaß ...« Natürlich hätte ich sagen können, ich sei hier, um ein bißchen Phantasie und Abwechslung in den grauen Alltag meiner Ehe zu bringen (obwohl ich mich nach diesem Alltag am allermeisten sehnte). Ich hätte so tun können, als wollte ich meine Frau überraschen – nicht dadurch, daß ich Gleiches mit Gleichem vergalt, so wie Ella es nahelegte, sondern indem ich ihr eine Freude machte. Doch in Wirklichkeit hatte ich ein schlechtes Gewissen. »Naja, ich würde sagen, nichts Offizielles.«

»Herr oder Dame?« fragte die Floristin. Ich war mir nicht sicher, wie sie das meinte, doch sie steckte in aller Ruhe ein paar Buschröschen zusammen und dachte sich offenbar nichts dabei.

»Es handelt sich um meine Frau, und sie hat nicht Geburtstag.«

Zum ersten Mal unterbrach die Floristin ihr Tagwerk und sah mich an. Ich war auf dem richtigen Weg, das spürte ich. Die Sprache der Blumen wird von Männern meistens unterschätzt. Dabei gab es kaum einen besseren Weg, um meiner Frau zu zeigen, daß sie für mich etwas Besonderes war. Trotz allem.

»Darf ich fragen, welcher Typ?«

»Meine Frau?« Ab sofort würde ich ihr jeden Tag eine kleine Aufmerksamkeit schenken. »Tja, schwer zu sagen, wenn man sich jemandem so nahe fühlt ... Sie ist einfach einzigartig.«

Die Floristin legte die Gartenschere aus der Hand, ohne den Blick von mir zu lösen.

»Also, wenn ich Worte für sie finden müßte, dann ...« Sie nickte langsam, mit leicht geöffnetem Mund. »... dann stellen Sie sich das ansteckendste Lachen vor, das Sie je erlebt haben, stellen Sie sich vor, daß jemand für Sie dieses Lachen ist, und Sie haben eine Ahnung von dem Glück, mit ihr einen Tag zu beginnen.« Ich meinte es ernst.

»Wieviel darf's denn kosten?« Ihre Stimme klang ein bißchen brüchig.

»Wissen Sie, es müßte ein Strauß sein, der etwas von der

Freude und Dankbarkeit wiedergibt, die ich dafür empfinde, daß sie mein Leben verändert hat.«

»Haben Sie einen Augenblick Zeit?« Sie schob das halbfertige Blumengesteck beiseite und zauberte mit wenigen Handgriffen ein frisches, frühlingshaftes Bouquet aus jungen Blüten und Blättern, das immer weiter wuchs. Auf einmal hielt sie inne und schaute sich suchend um. »Oder, nein, warten Sie!« Sie verschwand im hinteren Bereich des Ladens, der von Farnen und palmwedelartigen Blättern verhangen war.

»Ich kann auch in einer halben Stunde wiederkommen«, rief ich ihr nach.

»Nein, nein, es ist gut, daß Sie da sind. Wenn ich es unter den Händen spüre, dauert es nicht lange.« Sie kam mit einer schnabelförmigen, gelbweißen Orchidee zurück und arrangierte den gesamten Strauß darum herum. »Es ist die einzige Blüte, die lacht«, sagte sie mit einem verschmitzten Lächeln, und ich lächelte zurück. Es tat gut, über meinen Schatten zu springen.

Im Feinkostladen drei Häuser weiter kaufte ich eine Flasche Champagner und die Gänseleberpastete, auf die meine Frau bei Empfängen immer ganz wild war, ohne sie sich je selber zu leisten. Ich war gar nicht so unaufmerksam, wie ich dachte. Alles, was mir fehlte, war ein bißchen Ermutigung.

Ich hatte Glück. Die Brötchen, die ich kaufte, kamen gerade frisch aus dem Ofen und waren so heiß, daß ich die Tüte am obersten Ende anfassen mußte. In unserer Wohnung duftete es augenblicklich nach Bäckerei. Ich deckte den Frühstückstisch so leise wie möglich. Meine Frau wollte ich erst wecken, wenn alles soweit war. Tellergeklapper ließ sich nicht ganz vermeiden, das Besteck legte ich einzeln aus. Der Deckel der Gänseleberpastete klackte beim Öffnen, doch es regte sich nichts. Meine Frau schlief tief und fest.

Sie mochte Bach zum Frühstück, von daher legte ich die CD

schon mal ein. Die Sonne schien flutend ins Eß- und Wohnzimmer. Es war kurz nach elf. Trotzdem zündete ich eine Tischkerze an. Die Blumen stellte ich etwas weiter in den Hintergrund, damit sie nicht gleich als erstes auf die Idee kam, ich hätte etwas wieder gutzumachen.

Mit dem Champagner unterm Arm und zwei Gläsern schlich ich mich an. Ich zog das Stanniolpapier ab und lockerte das Drahtgestell. Der Korken schoß mit einem Knall an die Decke, die Gläser füllten sich mit Schaum. Vorsichtig öffnete ich die Schlafzimmertür. Das Bett war gemacht. Ihr Gepäck fehlte. Sie war weg.

4 DIETMAR

Die eigentliche Überraschung bestand darin, daß sie so lange bei mir geblieben war. Im ersten Moment dachte ich, es könnte ihr vielleicht etwas von meiner halben Nacht mit Ella zu Ohren gekommen sein. Doch das hieße die Bedeutung meiner Handlungen überschätzen. Es war unwahrscheinlich, daß meine Frau nach all ihren Flirts wegen eines betrunkenen, unvollendeten Fehltritts von mir die Koffer packte, ohne sich die Details erzählen zu lassen und sie in ihr Programm mit einzubauen. Sie hätte sich diesen Gag nie entgehen lassen.

Dennoch machte ich mir Vorwürfe. Jahrelang hatte ich die Mäntel in der Garderobe und ihre Schuhsammlung auf Vollzähligkeit überprüft. Jedesmal, wenn ich nach Hause kam, hatte ich damit gerechnet, von meiner Frau verlassen worden zu sein. Nur eben an diesem Morgen nicht.

Ich befand mich in einer Art Schockzustand und blieb auf unbestimmte Zeit an dem gedeckten Frühstückstisch sitzen, während die Bach-CD immer wieder von vorne durchlief und die Kerze bei strahlendem Sonnenschein herunterbrannte. Es hätte sich um ein Mißverständnis handeln können, natürlich. Vielleicht gab es eine Erklärung für alles. Doch mein Gefühl sagte mir, daß sie so schnell nicht wiederkommen würde. Und im Moment hatte ich nicht die Kraft, mir etwas anderes einzureden. Ich sah der Butter beim Zerfließen zu.

Das Telefon klingelte. Ich rührte mich nicht. Auf dem Anrufbeantworter meldete sich Ellas Mann. Er war um Fassung bemüht und erkundigte sich in aller Form, wie lange Ella bei uns zu bleiben gedenke, die Kinder würden schon nach ihr fragen. Er sagte noch einige andere Dinge, während ich mir ein Brötchen nahm und hineinbiß. Es war schon recht trocken und beim Kauen so laut, daß ich kein Wort mehr verstand. Von der Gänseleberpastete probierte ich nur eine hauchdünne Schicht. Sie war wirklich gut. Aber wenn ich sie aufgegessen hätte, wäre mir das sehr endgültig vorgekommen. Irgendwann kam der Pfeifton.

Ich wollte Ellas Mann nicht nacheifern, sonst wäre ich vermutlich als erstes zum Kleiderschrank meiner Frau gerannt, um zu sehen, inwieweit sie ihn ausgeräumt hatte. Doch das war nicht nötig. Ich wußte, daß sie ihr Gepäck aus der Türkei mitgenommen hatte, und empfand sogar eine gewisse Genugtuung bei dem Gedanken, daß sie jetzt aus dem Koffer lebte, den ich ihr gepackt hatte. Ich konnte nicht wissen, wo und mit wem sie sich gerade herumtrieb, aber ich wußte genau, was für Kleider sie trug. Auf einmal war es Nachmittag.

Es wurde Abend, trotz allem. Ich wollte mich gerade zu einem Spaziergang aufraffen, als das Telefon ein weiteres Mal klingelte. Die Stimme meiner Frau. »Bist du da? Hallo?« fragte sie unseren Anrufbeantworter. »Bitte, geh ran!«

Ich stand daneben, das mußte reichen.

»Also, hör zu: Ella steckt in großen Schwierigkeiten. Sie muß – hach, das klingt jetzt so blöd –, sie muß für ein paar Tage aus der Schußlinie. Sei mir nicht böse, aber ich kann sie jetzt nicht im Stich lassen.«

Gestern konntest du's noch.

»Tut mir leid, daß das jetzt so plötzlich kommt.«

Aber es kommt dir auch nicht ganz ungelegen.

»Die Wellen schlagen hier gerade ziemlich hoch, weißt du, und Ella braucht einfach ein bißchen Zeit, um wieder klar zu sehen. Mach dir keine Sorgen, ja? Ich bin vorsichtig.«

Fragt sich nur, wobei.

»Ach, und, falls ihr Mann anrufen sollte, du weißt von

nichts. Sag ihm, ich sei zu irgendeiner Tante aufs Land gefahren …«

Ich wußte von nichts, ich brauchte nicht einmal zu lügen.

»Also dann. Es ist leider zu kompliziert, um es jetzt so am Telefon –«

Ich nahm ab. »Hallo?«

»Du bist da?«

»Entschuldige, ich komme gerade erst rein.« Ich wollte wissen, wo sie ist, »wie geht es dir?«

»Du, ich hab's wahnsinnig eilig. Falls jemand fragt, ich bin mit Ella aufs Land gefahren. Zu einer Tante. Das ist die offizielle Version, okay?«

»Was denn für eine Tante?« fragte ich.

»Ella steckt in Schwierigkeiten, es ist – ihr Mann dreht gerade völlig durch. Vertrau mir einfach.«

Ich glaubte ihr kein Wort. »Soll ich mal mit ihm sprechen?«

»Nein, nein, bloß nicht!« Das dachte ich mir. »Es ist sinnlos.«

»Klingt nach einem ernsten Problem.« Etwas Besseres ist dir wohl nicht eingefallen?

»Du hast ja gesehen, wie er sie zugerichtet hat …«

Wahrscheinlich war sie beim Sex mit Sascha gegen einen Bettpfosten geknallt.

»Und, glaubst du …« Was ich brauchte, war eine konkrete Zeitangabe, »ich meine, schaffst du es am Samstag zur Preview von dem neuen Soderberg? Wir sind eingeladen.« Ich hatte nicht vorgehabt hinzugehen.

Sie hielt kurz den Hörer zu. Getuschel. Ella vielleicht, vielleicht auch nicht. »Ich muß jetzt Schluß machen, ja? Wir reden später.«

»Verstehe.« Eine Zusage zu diesem Zeitpunkt wäre ohnehin nichts wert gewesen.

»Ach, bitte, jetzt sei doch nicht so.«

Wenn ich wirklich wäre, wie ich bin, würdest du mich nicht wiedererkennen. »Okay.«

»Nicht böse sein.«
»Nein, bin ich nicht. Grüße.«
»Was?«
»Grüße an Ella.« Deine Ausrede, schon vergessen?
»Ja, klar, richte ich aus.«
Ich sagte nicht, sieh dich vor, ich sagte: »Paß auf dich auf!«
»Keine Sorge«, sagte sie, »ciao!«

Ich hatte das Gespräch zum Teil auf Band und spulte es ein paar Mal ab. Ihre Stimme klang merkwürdig hohl. Es war der bislang beste Beweis für ihren Betrug. Ich konnte mich kaum daran satt hören, wie sie log.

Damit war auch klar, daß ich heute nicht mehr vor die Tür gehen würde. Ich hätte ohnehin nur nach meiner Frau Ausschau gehalten und wollte auf keinen Fall wie Dietmar bis spät in die Nacht durch die Stadt irren. Der Agentur schickte ich ein formloses Fax, in dem ich meinen Urlaub um eine Woche verlängerte. Telefonieren konnte ich jetzt nicht. Ich setzte mich zurück an den Tisch, zog die gelbweiße Orchidee aus der Vase und knickte sie. Dann aß ich Abendbrot.

Das Wetter tat mir nicht den Gefallen, sich meiner Stimmung anzupassen. Am nächsten Tag schien die Sonne. Vögel, die ich seit Jahren nicht gehört hatte, zwitscherten unter einem makellos blauen Himmel. Es wurde Zeit, daß ich die Wohnung verließ.

Ich fuhr nicht »aufs Land«, sondern spazierte durch unser Viertel Richtung Innenstadt. Gestern noch hatte ich auf einem anderen Planeten gewohnt. Die Luft roch nach Sommer und Laub. Das Licht war eine warme Hülle. Es kam mir vor, als würde ich diese Gegend zum ersten Mal betreten.

Das Café schräg gegenüber hatte Tische und Stühle auf den Gehweg gestellt. Ein paar saumselige Frühstücksgäste saßen im Halbschatten bei Baguette und Milchkaffee. Drinnen war es leer.

Wie oft hatte ich dort gewartet, um nicht zu früh zu Hause aufzukreuzen und meine Frau zu überraschen. Es war keine sonderlich schöne Zeit gewesen, damals, aber sie war schön lange her. Auf einmal schmeckte alles nach Vergangenheit. An dem Blumenladen ging ich ohne einen Seitenblick vorbei.

Die Straßen wurden voller, ich näherte mich der Fußgängerzone. Der Trott der Einkaufsbummler machte sich breit. Ihre Gemächlichkeit legte sich über alles. Pärchen blieben vor Schaufenstern stehen. Reisegruppen scharten sich schwatzend um angebliche Sehenswürdigkeiten. Noch vor kurzem hätte ich mich ungeduldig durch die Menschenmenge hindurchgeschlängelt, jetzt ging ich mit und ließ mich gehen. Kurz vor der Seitenstraße zur Agentur machte ich kehrt. Sie führte direkt zu dem Bistro, in dem Frau Maibach uns verkuppelt hatte. Doch das war schon fast nicht mehr wahr.

Ich suchte meine Frau. Es hatte keinen Sinn, das zu leugnen, auch wenn ich mir Mühe gab, mich nicht allzu auffällig nach ihr umzusehen. Aus den Augenwinkeln inspizierte ich sämtliche Straßencafés, ich spähte an den Auslagen vorbei in die Geschäfte und behielt die Passantenströme im Blick. Eine Zeitlang folgte ich einem Mann, der seinem Rücken und Hinterkopf nach zu urteilen Mike hätte sein können. In einer Passage verlor ich ihn aus den Augen. Als wir uns an einem T-Shirt-Ständer wieder begegneten, hatte er das falsche Gesicht.

Ein paar Mal meinte ich ihre Stimme zu hören und ihr Lachen von irgendwoher. Ich hatte keine Ahnung, was ich tun würde, wenn ich sie tatsächlich beim Tête-à-tête mit Mike erwischte, über einen Eisbecher gebeugt, sich gegenseitig fütternd, oder in einer Boutique, wo sie ihm luftige Kleider vorführte, während er wohlgefällig nickend neben dem Spiegel stand. Wahrscheinlich hätte ich gar nichts unternommen und ihnen nur zugesehen. Doch ich verbrachte mehrere Stunden damit, mir vorzustellen, was Iwan Rebrow an meiner Stelle getan hätte.

»Hallo, Herr Busch! Na, was macht das Geschäft?«

Ich hatte mich gerade in ein kleines Parkcafé gesetzt, um meinen blutrünstigen Tagträumen nachzuhängen, als ein gut geföhnter, graumelierter Herr an meinen Tisch kam und mir die Aussicht auf den Ententeich verstellte.

»Pardon, ich war gerade ...« Ich produzierte eine ungefähre, sich verflüchtigende Geste und stand auf, um ihm die Hand zu schütteln.

»Probleme?« fragte er und hob eine Augenbraue in seinem Fernsehseriengesicht.

»Nein, Lösungen«, grinste ich. Ich wußte, daß es sich um einen Klienten von mir handelte, aber ich konnte mich zum ersten Mal in meinem Leben nicht erinnern, um wen. »Wollen Sie sich nicht setzen?«

»Danke, nein, ich bin auf dem Sprung.« Ein Schauspieler, gar keine Frage. Im Stehen war er für den Rest der Welt besser zu sehen.

»Gerade habe ich noch an Sie gedacht.« Das war einer der Standardsprüche, mit denen Agenten ihre unentwegte Sorge um das Künstlerwohl zum Ausdruck brachten. Nur leider fiel mir der Name nicht ein.

Er ließ den Blick ein wenig schweifen, wie um sich seiner Zuschauer zu vergewissern. »Ich wußte gar nicht, daß Sie im Lande sind. In der Agentur hieß es, Sie hätten Urlaub.«

»Naja, ab und zu muß man dem eigenen Laden mal fernbleiben, um den Kollegen zu zeigen, wie unentbehrlich man ist.« Jetzt kannte ich schon meine eigene Kartei nicht mehr!

Der Schauspieler stimmte ein sonores Lachen an, womit er sich endgültig die Aufmerksamkeit des Cafépublikums verschaffte. Ich hatte die Arztserie mit ihm vor Augen, konnte ihn aber schlecht als Dr. Lerchenfeld anreden.

»Ach, Ihre Mädels sind ganz schön auf Zack. Dummerweise hängt der Vertrag mit den Engländern gerade wieder in der Luft.« Die Tatsache, daß ich Urlaub hatte, hinderte ihn natürlich nicht, auf sein Problem zu sprechen zu kommen. »Internationale Produktionen, es ist immer dasselbe. Die einen rudern vor, die anderen zurück.«

Eine ältere Dame näherte sich zaghaft mit Kugelschreiber und Notizblock, woraufhin der Schauspieler beiläufig eine Autogrammkarte aus der Innentasche seines Sommersakkos zog, die er ihr mit einem durchtrainierten Lächeln überreichte. Oder hieß die Rolle Dr. Timm?

»Ich kümmere mich darum«, sagte ich, um das abzukürzen. Doch mittlerweile hatten die Autogrammjäger Blut geleckt.

»Es ist halt ärgerlich wegen der Sperrtermine«, sagte der Serienhalbgott in Weiß und verteilte weitere Fertigautogramme an die Umstehenden. Leider war seine Handschrift so unleserlich, daß ich den Namen nicht entziffern konnte. Ich war vermutlich der einzige in diesem Café, der nicht wußte, wen er vor sich hatte, und ausgerechnet ich war sein Agent.

»Das lassen Sie mal meine Sorge sein.« So langsam gingen mir die Floskeln aus, doch Dr. Fragezeichen setzte nach: »Es wäre nur schade um die schöne Rolle. Etwas derart Differenziertes kriegt man nicht alle Tage zu spielen.« Ich erinnerte mich dunkel an die Geschichte von einem Schafhirten auf einer Hebrideninsel, der sich in die Frau des einzigen Veterinärs verliebt und vor der Entscheidung steht, entweder sie oder seine Herde. Aber möglicherweise war das auch ein anderes Projekt.

»Tja, gute Drehbücher sind selten«, suchte ich das Vage. Dieses Gespräch konnte noch Stunden so weitergehen, und ich war mir nicht sicher, wie lange ich noch Kompetenz vortäuschen konnte. Dem Schauspieler hingegen schien es an meiner Seite zu gefallen. Offenbar gab ich die ideale Folie ab, um seine Vorzüge als Mann und Künstler zur Geltung zu bringen. Ich war eine neutrale Fläche, ein unscheinbarer Hintergrund.

»Ach, könnten Sie vielleicht schreiben ›Für Simone‹«, drängelte sich eine junge Frau an mir vorbei. Der Schauspieler lächelte ihr in den Ausschnitt, zückte einen Edding und signierte schwungvoll. Über ein leicht mißglücktes Herz am rechten Bildrand freute sich Simone ganz besonders und fiel ihrem Schwarm um den Hals. Dann ging sie anstandslos, mit Freudentränen in den Augen. Mich nahm sie überhaupt nicht wahr.

Wir hatten den Faden verloren, aber das machte nichts. Der Schauspieler sah sich in seiner Attraktivität und Wichtigkeit hinreichend bestätigt. Die alten Machtverhältnisse waren wiederhergestellt. Er war der Star und ich das fleischgewordene Kontrastprogramm, ich hatte für ihn dazusein und nicht umgekehrt. Das geriet im Agenturalltag leicht in Vergessenheit.

»Ich klemme mich gleich morgen hinters Telefon«, sagte ich abschließend. Es war genau das, was er hören wollte. Huldvoll legte er mir eine Hand auf die Schulter. Von meinem Urlaub war keine Rede mehr. In Zukunft würde ich eher meinen eigenen Namen vergessen als seinen.

Der Schauspieler und sein Edding hatten es schon halb durch das Spalier seiner Bewunderer geschafft, als er sich noch einmal umdrehte. »Grüße übrigens an Ihre Frau! Ihre Show ist der Hammer!« Er sagte das mit einem Augenzwinkern. Natürlich wußte er Bescheid, alle wußten sie Bescheid, nur ich nicht.

»Ausverkauft« hieß es auf sämtlichen Plakaten und den Schaukästen des ehemaligen Kinos, das Qualle angemietet hatte. Bereits eine Stunde vor Vorstellungsbeginn stand ein Häufchen wild entschlossener Damen vor dem Eingang und wartete darauf, daß die Abendkasse öffnete. Die meisten von ihnen hofften auf Restkarten oder stornierte Reservierungen. Ich stellte mich dazu. Zum Glück kannte ich niemand. Hätte mich Frau Maibach hier und jetzt zu Gesicht bekommen, wäre meine Niederlage perfekt gewesen.

Nach dem Aufsperren der Türen stürmten meine Mitstreiterinnen und ich den Kassenvorraum, kamen aber nach wenigen Metern schon wieder zum Stehen.

»Haben Sie reserviert?« schmetterte uns die Kassiererin hinter dem ovalen Sprechfenster entgegen und warf mir als dem einzigen Mann in der Schlange einen scharfen Blick zu. Ich stand an achter oder neunter Stelle und schüttelte den Kopf. Unentwegt hasteten Frauen mittleren Alters in wallenden Gewändern an uns vorbei, um ihre vorbestellten Karten abzuholen. Damit stiegen meine Chancen, daß ich hier völlig vergeblich wartete.

In meinem Rücken strömte das zahlende Publikum Richtung Foyer. Soweit ich sehen konnte, waren es fast ausschließlich weibliche Zuschauer, allerdings nicht nur die Henna-Fraktion, sondern Frauen sämtlicher Schichten und Altersklassen, von der Studentin mit Rucksack und Nasen-Piercing bis hin zum lilagrauen Witwenclub. In den Umgängen mischten sich Geschäftsfrauen und Mütter, Lehrerinnen und Modebewußte. Die wenigen Männer machten einen eher mitgeschleiften Eindruck und wirkten angesichts der Überzahl des weiblichen Geschlechts ziemlich verloren. Das tat jedoch der Stimmung keinen Abbruch. Gut gelaunt und kampfeslustig rotteten sich die Damen vor den Saaltüren zusammen und füllten das Foyer mit lebhaftem Geschnatter. Für die meisten, so schien es, hatte sich der Besuch schon jetzt gelohnt.

Ich blieb mit dem Blick an einem Plakat hängen, auf dem meine Frau in vorderster Front posierte. Sie trug ein ärmelloses Lacklederoutfit und ließ ihren Bizeps spielen, den ich so groß nicht in Erinnerung hatte. Das Damenensemble stand mit entschlossener Miene und verschränkten Armen hinter ihr. Noch konnte ich gehen.

»Wie war noch mal der Name?«

»Busch, Sebastian«, sagte ich.

»Busch?« Die Kassiererin blinzelte mich mißtrauisch über den Rand ihrer Hornbrille an.

»Ja, von der Agentur Maibach & Busch«, ich bohrte mich geradezu in das Sprechfenster, »aber wie gesagt, ich hatte nicht reserviert, sondern …«

»Wenn Sie nicht reserviert haben, kann ich nichts für Sie tun. Außerdem hätten Sie Ihre Karten längst abholen müssen.« Die alte Dame ließ sich nicht beirren. Das Foyer verwaiste zusehends, die ersten Saaltüren schlossen.

»Schauen Sie«, fing ich noch einmal von vorne an, »ich habe beruflich mit Herrn …« – mit Qualle, mein Namensgedächtnis! – »mit Ihrem Chef zu tun. Ich bin Agent, Künstlervermittler. Die Schauspielerinnen da drinnen auf der Bühne sind zum Teil bei mir unter Vertrag.«

»Mir liegt keine Anweisung vor.«

»Aber er sollte ja auch nicht wissen, daß ich komme. Es geht mir gerade um den unverfälschten Eindruck vom regulären Spielbetrieb!«

»Das hätten Sie vorher sagen müssen.«

»Nein, eben nicht! Wenn ich es vorher gesagt hätte, dann …« Es war sinnlos. Die ersten vier in unserer Schlange hatten noch Karten bekommen. Der Rest durfte sich auf einer Warteliste eintragen und wurde nach Hause geschickt. Durch die vielen Premiereneinladungen und meine sonstigen Amüsierverpflichtungen hatte ich völlig vergessen, was für ein Kraftakt es war, eine stinknormale Karte für eine laufende Vorstellung zu ergattern.

»Ursula! Könn' wir anfangen?« Ein südländischer Typ mit blauschwarzen Haaren, offenem Seidenhemd und einem Christuskreuz auf der behaarten Brust tänzelte die Treppe hinunter. »Ich habe geklingelt, dreimal, viermal!« Es konnte sich nur um Enrico handeln.

Hilfesuchend wandte sich die Kassiererin an ihn: »Also, der Herr hier behauptet …«

»Mein Name ist Busch von der Künstleragentur Maibach & Busch«, unterbrach ich sie und zückte eine Visitenkarte, »ich vertrete einige der Schauspielerinnen, die hier …«

»Aber ich habe keinen Busch auf der Liste«, ließ die gute Frau nicht locker.

Der Südländer musterte mein Kärtchen und mich und dann wieder das Kärtchen. Er hatte im Moment die Macht. »Morgen«, entschied er. »Wenn Ursula kein' Platz hat, hat Ursula kein' Platz. Sie kann sich Stuhl nicht aus dem Rücken schneiden«, wahrscheinlich fanden neunzig Prozent der Frauen sein falsches Deutsch auch noch niedlich, »na los, kommst du morgen wieder!« Er wies Richtung Tür und entblößte eine Reihe von strahlend weißen, wohlgeformten Zähnen. Das war kein Lächeln, es war eine Gebißshow. Enrico, eindeutig.

»Hören Sie, ich habe noch andere Klienten, ich kann es mir nicht leisten, einen Abend einfach so zu verplempern.« Ich war nicht bereit, mich abwimmeln zu lassen, so kurz vor dem Ziel. »Sie können doch sicher einen Stuhl dazustellen.«

»Und was ist mit Feuerwehr, he? Was ist, wenn Kontrolle?« fuhr Enrico mich an, »die machen uns Bude dicht!« Ursula hinter der Glasscheibe nickte so eifrig, daß ihre Hornbrille verrutschte.

»Ich möchte den Chef sprechen«, insistierte ich ohne echten Nachdruck, während im Saal bereits die Musik anhob. Fluchend rannte Enrico ins Foyer und schlug unsanft die restlichen Türen zu. »Klaus, diese Arschleuchter«, kam er zurück, »wie oft habe ich gesagt, er soll warten, bis ich gebe Zeichen? Das macht er mit extra!« Drinnen ertönten bereits die ersten Lacher. »Hörst du? Scheise is'! Jetzt hat Sabina angefangen ohne Zeichen. Alles ohne Zeichen!«

»Nacheinlaß gibt es bei uns grundsätzlich nicht.« Die Kassiererin packte zusammen, für sie war der Fall erledigt.

»Aber ... ich bin ihr Mann!« rief ich vielleicht ein bißchen zu verzweifelt. Enrico und Ursula starrten mich ungläubig an. »Ja, ist doch wahr«, ich fing schon an, es zu bereuen, »jeder Vollidiot hat ihr Programm gesehen, also habe ich verdammt noch mal das Recht dazu!«

Enrico kam langsam näher. »Du bist Mann von Sabina?« Sein Mienenspiel bewegte sich irgendwo zwischen Neugier und Belustigung. »Warum sagst du nicht gleich?«

»Irgendwie hatte ich Sie mir kleiner vorgestellt, und runder«, meinte Ursula, die sich aus ihrem Kassenhäuschen zwängte. Sie war in der Tat klein und rund. »Stimmt es wirklich, daß Sie wissen, wie man eine Geschirrspülmaschine bedient?«

»Kann ich da jetzt rein?« fragte ich entnervt. Das Gelächter im Saal wurde heftiger.

»Morgen«, sagte Enrico, »jetzt will ich mich unterhalten mit dir.« Er legte einen Arm um meine Schultern.

»Ich halte Ihnen für morgen abend eine Karte zurück – oder zwei, wenn Sie möchten«, Ursula hantierte mit ihren Schlüsseln.

»Wieso zwei? Seine Frau steht auf Bühne!« Enrico bleckte die Zähne zu einem Grinsen.

»Jedenfalls war es nett, Sie mal persönlich kennenzulernen«, wackelte Ursula auf mich zu und reichte mir ihre winzige Hand, »Sie sind wirklich zum Schießen, das muß man Ihnen lassen.«

Es war das erste Mal, daß ich sie lächeln sah.

Enrico brachte mich zu einem Sofa im oberen Umgang des Foyers. Von dort aus starrte ich auf eine reich ornamentierte Textiltapete, die auch schon bessere Tage gesehen hatte. Eine Weile saß ich einfach nur da und rührte mich nicht von der Stelle. Dann kam Enrico mit zwei Tassen Espresso zurück. Das Tapetenmuster erinnerte an ineinander verschlungene Körper ohne Kopf. Der Espresso schmeckte gut.

Ich spürte auf einmal meine ganze Erschöpfung. Es hatte mich viel Überwindung gekostet, hierher zu kommen. Ich mußte mich reichlich auslachen lassen und dazu gute Miene machen. Meine Kraft war verbraucht. Enrico genoß seinen Espresso und schwieg.

Hinter der Tapete, dem Putz und Gemäuer lief die Show immer weiter, als gäbe es mich nicht. Ab und zu erkannte ich die Stimme meiner Frau, verstand aber nicht, was sie sagte. Doch das war vermutlich auch besser so. Das Gelächter im Saal nahm mittlerweile hysterische Züge an. Frauen kreischten, stießen Lachschreie aus. Immer wieder brandete Applaus auf. Ich wollte lieber nicht wissen, wofür.

Wahrscheinlich hatte sie ihre Affäre mit Mike längst ausgeschlachtet.

»Tsss«, Enrico schüttelte den Kopf, in seine eigenen Gedanken vertieft, »was is' Gegenteil von Stehaufmännchen? – Ehemännchen.« Er sah mich an. »Is' witzig? Was is' so witzig daran?«

Ich zuckte die Achseln.

»Was is' Mann mit Waschlappen? – Doppelt gemoppelt.« Enrico kam aus dem Kopfschütteln gar nicht mehr raus.

»Ist der von ihr?« fragte ich, um irgendwas zu fragen.

»Nein«, stellte er seine Tasse weg, »steht auf Männerklo.«

Lachsalven von drinnen, Enrico stieß einen Seufzer aus. Nicht, daß ich ihn sympathisch fand, aber er war der erste Mensch, der über das Programm meiner Frau genausowenig lachen konnte wie ich.

Wir saßen noch eine Weile wortlos zusammen, während die Show hinter der Wand auf ihren Höhepunkt zusteuerte. Lieder wurden angestimmt, das Publikum klatschte und sang aus vollen Hälsen mit. Offenbar waren die meisten Damen nicht zum ersten Mal hier. Der Lautstärkepegel stieg bedrohlich. Teile des Textes drangen bis zu uns. Ich rappelte mich hoch.

»Du gehst?« Enrico klang eher resigniert als überrascht. »Du kommst nicht mit, eine trinken?«

»Ich hab's mir anders überlegt.« Im Prinzip wußte ich, was ich wissen mußte. »Sag Ursula, daß ich die Karte morgen abend nicht brauche.«

Er guckte beinahe traurig. »Du machst große Fehler.«

»Kann sein«, ich brauchte frische Luft.

»Ich habe Sabina gesehen von erster Probe bis heute, ich sehe sie jede Nacht. Weißt du, was wirkliche Problem von deutsche Frau is'?« Nein, aber ich wünschte, du würdest es für dich behalten. »Deutscher Mann is' nicht stark genug.«

»Danke, aber ich brauche keine Hilfe.« Ich bekam auf einmal große Lust, unhöflich zu werden. Doch Enrico ließ sich nicht beirren. »Du versuchst, Sabina zu verstehen, große Fehler!«

»Ich versuche nur, fair zu sein.« Falls du von Fairneß schon mal was gehört hast, du südamerikanischer Importmacho.

»Sabina will nix verstehen, weiß' du, sie will Grenze spüren, wie jede Frau.«

»Wenn sie nicht selber weiß, was richtig und was falsch ist«, du schmieriger, abgehalfterter Ponyzureiter, »kann ich ihr nicht helfen.«

»Oh, sie weiß, natürlich. Sabina will bloß, daß du sie an falsch erinnerst.« Da war sie wieder, Enricos grinsende Gebißshow.

»Was immer du damit sagen willst, ich will's nicht hören.« Mir reichte es für heute, ich ging.

»He, warte! Ich mache nur Spaß, ja?« Enrico folgte mir ein paar Schritte, aber ich war schon auf der Treppe. »Hör ma', ey! Kennst du den? Früher sie haben gekocht wie unser' Mütter, heute sie saufen wie unser Vater ... Wie findest du für Frauenklo?«

Enrico und ich hatten offenbar doch nicht denselben Humor.

Mir kam es vor, als sei ich Jahre weggewesen, doch meinen Mitarbeitern ging das offensichtlich anders. Ich betrat die Agentur so zögerlich wie ein Klassenzimmer am ersten Schultag nach den Sommerferien, während die beiden Praktikantinnen nur kurz die Köpfe hoben und grüßten, als hätten wir uns gerade erst gesehen. Die restliche Belegschaft heuchelte ein wenig mehr Interesse. »Na, gut erholt?« hieß es von der einen oder anderen Seite. »Schönes Wetter gehabt?« Irgendwer log sogar pflichtschuldig: »Gut sehen

Sie aus!« Aber im großen und ganzen hatte ich nicht den Eindruck, sonderlich vermißt worden zu sein.

Sogar die Post, die meine Sekretärin mir vorlegte, fiel spärlich aus, verglichen mit den Bergen von Papier, die sich in meinen Alpträumen aufgestaut hatten. Ich fragte mich, was ich früher eigentlich so den lieben langen Arbeitstag gemacht hatte.

»Irgendwelche Anrufe«, erkundigte ich mich, ich bettelte fast darum.

Meine Sekretärin brauchte nicht lange zu überlegen. »Nur Herr Schlüter noch mal, aber er sagte, er hätte bereits mit Ihnen gesprochen.« Oswald Schlüter, richtig, das war der Name! (Kein Wunder, daß er so unleserlich signierte.) Ich hätte mich längst um die internationale Filmkarriere unseres Seriendoktors kümmern sollen – ich wußte doch, daß ich etwas vergessen hatte. »Und? Gibt es Neuigkeiten aus England?«

»Also, wenn Sie mich fragen, das wird nichts«, meinte sie leidenschaftslos, »die kriegen das Geld nie zusammen.«

»Schade eigentlich.« Aber wenigstens sah es so aus, als sei ich halbwegs auf dem laufenden. »Es ging doch um diese Geschichte mit dem Schafhirten auf den Hebriden?«

»Nein, um den blinden Pfarrer auf der Isle of Wight.« Meine Sekretärin packte zusammen und stöckelte Richtung Vorzimmer. »Ach, und Ihre Frau hat heute morgen angerufen.«

»Ah«, sagte ich. Die erste Frage, die mir in den Sinn kam, war: Von wo? Aber dann hätte meine Sekretärin Verdacht geschöpft, vorausgesetzt, sie wußte nicht schon längst Bescheid. Statt dessen fragte ich nur: »Und?«

Ich rechnete mit allem.

Doch meine Sekretärin drehte sich nicht einmal um. »Sie ruft später noch mal an.«

Der Grund ihres Anrufs war nicht schwer zu erraten. Sicher war Enrico nach der Vorstellung mit »eine trinken« gegangen und hatte ihr von meiner Stippvisite im Theater erzählt. Jetzt wollte sie natürlich wissen, wie man sich als lebende Karikatur so fühlt: ob auch ich mich wie Tausende andere auf meine Kosten amüsiert hatte oder ob ich nicht ganz soviel Humor besaß wie Mike. Jeder hätte sich das gefragt.

Allerdings überraschte mich, daß sie im Büro angerufen hatte. Offenbar schien meine Frau davon auszugehen, daß ich einfach so weiterlebte wie bisher: morgens zur gewohnten Zeit Kaffee kochte, Zeitung las und ins Büro fuhr (dann wäre ich natürlich auch längst dagewesen), tagsüber am Schreibtisch saß, telefonierte und verhandelte, um abends mit dem letzten Schwung der Pendler und Alleinstehenden nach Hause zurückzukehren. Sie schien zu glauben, für mich hätte sich nichts geändert, abgesehen von dem kleinen, kaum merklichen Unterschied, daß sie nicht mehr da war.

Die nächsten Stunden verbrachte ich damit, auf ihren Anruf zu warten und meine Post durchzusehen. Ich konnte keinen klaren Gedanken fassen. Verträge, die ich selbst verhandelt hatte, erschienen mir sinn- und zusammenhanglos. Statt dessen überlegte ich immer wieder, was ich sagen würde, sobald ich sie an der Strippe hatte.

Noch vor wenigen Tagen hätte ich mir die Schuld dafür gegeben, daß meine Frau offensichtlich nicht die geringste Ahnung hatte, was mit mir los war. Ich wäre in mich gegangen und hätte mir vorgeworfen, meine Gefühle verborgen, unterdrückt oder gar »verleugnet« zu haben. Doch wenn sie glauben konnte, daß es mir nichts ausmachte, von ihr verlassen worden zu sein, wenn sie es für völlig selbstverständlich hielt, daß ich nach ihrem Verschwinden einfach so zur Tagesordnung überging, dann war nicht nur ich »unsensibel«. Dann handelte es sich um ein Ausmaß von Mißverständnis, für das ich nicht allein verantwortlich war. Dann kannte sie mich nicht!

Was also sollte ich antworten, wenn sie mich fragte: »Wie geht's?«

Ich hätte ihr natürlich sagen können, daß ich auf sie schon gewartet hatte, als ich für sie noch gar nicht existierte. Ich hatte auf sie gewartet in jeder Minute unseres Zusammenseins, ich wartete jetzt auf sie, in diesem Moment, und ich würde auch noch auf sie warten, wenn es mich in ihren Augen nicht mehr gab.

Ich hätte sagen können, daß ich nichts von ihr verlangte. Es würde mir reichen, wenn sie einfach da wäre, und sei es auch nur für fünf Minuten am Tag. Sie bräuchte nicht mit mir zu reden. Sie bräuchte nicht einmal im selben Zimmer mit mir zu sein. Aber es wäre schön, wenn sie ihren Mantel an den Garderobenhaken hängen würde, wenn sie einmal durch alle Räume ginge und eine Kuhle hinterlassen könnte auf ihrer Seite unseres Bettes.

Aber wahrscheinlich hätte ich nur zurückgefragt: »Was hat Enrico damit gemeint, daß ich dir Grenzen setzen soll, um dich an Falsch und Richtig zu erinnern? Was weiß er, was ich nicht weiß? Und wenn es ohnehin schon alle wissen, willst du es mir nicht endlich sagen?«

Es war an der Zeit, sie mit dem Gedanken vertraut zu machen, ich könnte eifersüchtig sein.

Das Telefon klingelte.

Ich holte tief Luft, zählte bis drei und nahm ab.

»Ein gewisser Dietmar möchte Sie sprechen«, es war meine Sekretärin, »er sagt, Sie wüßten schon …«

»Ja, stellen Sie durch.« Mir schlug das Herz unsinnigerweise bis zum Hals. Sie senkte die Stimme. »Er ist hier im Vorzimmer.«

»Er soll nicht reinkommen, ich komme raus.«

»Tut mir leid, aber ich bin garantiert der Letzte, der hier irgendwas erfährt. Ich kann dir nicht mal sagen, wo meine eigene Frau gerade steckt. Ich weiß nur, daß Ella und sie zu einer ›Tante aufs Land‹ fahren wollten. Aber ich kenne weder die Tante noch das Land, und ich habe keinen blassen Schimmer, ob Sascha oder sonstwer mit von der Partie ist.«

Dietmar war in keinem guten Zustand. Er sah aus, als hätte er die ganze letzte Woche nicht geschlafen. Sein Gesicht bestand aus Tränensäcken, Furchen und einem Sechstagebart. Hoffentlich drehte er zur Zeit nicht, kein Anschluß hätte gestimmt.

»Paß auf«, ich wartete, bis sich die Kellnerin mit mehreren Stücken Schwarzwälderkirschtorte an uns vorbeigeschlängelt hatte, und rückte näher an Dietmar heran, »wenn du willst, spreche ich mit ihr. Wir könnten heute nacht bei ihrer Stammkneipe vorbeischauen, im ›Fundus‹, so gegen elf. Sie weiß bestimmt, wo Sascha ist.«

Einen besseren Vorwand hätte ich kaum finden können.

Dietmar schaute von seinem Bier auf und musterte mich, die Augen zu Schlitzen verengt. »Ich war da.«

»Ja, dann ... weißt du mehr als ich.«

Sogar er.

Dietmar nahm einen Schluck und leckte sich den Schaum von den Barthaaren.

»Es ist aus«, sagte er.

Ich sagte nichts, sah mich nur um. Wir waren nicht in mein Lieblingsbistro gegangen, sondern in irgendeinen Laden in der Fußgängerzone, wo mich niemand kannte. Neben den Kaffeetrinkern und Kuchenessern, die sich vom Shoppen erholten, fielen Dietmar und ich ziemlich auf. Ich fragte mich, wie schnell die Polizei wohl hier sein würde, falls einer von uns beiden die Beherrschung verlor.

Dietmar trank aus, hob das leere Bierglas in die Höhe und signalisierte der Bedienung: noch eins! So langsam war alles egal. »Möchtest du auch noch so ein – was ist das?« Ich hatte Apfelschorle, es war schließlich noch nicht sechs.

»Nein«, sagte ich, »ich nehme das gleiche wie du.«

»Zwei!« rief Dietmar durch den Saal. Wir mußten hier ja nicht ewig bleiben.

»Also, du warst bei ihr, in der Kneipe. Und?«

»Nichts ›und‹. Ich hab' ihm die Meinung gesagt und fertig.« Dietmar schaute auf seine Finger, die einen Bierdeckel nach und nach in seine Einzelteile zerlegten.

»War Sascha da?« Um mit dem anzufangen, was mich am allerwenigsten interessierte.

»Sascha? Nö.«

»Aber du hast mit Sabine gesprochen? Was hat sie gesagt?«

»Es ist aus, verstehst du?« Ich hoffte nicht. »Ich habe ihr gesagt, sie soll ihm sagen, daß es aus ist. Und genau dasselbe gilt für dich: Wenn du ihn siehst, bestell Sascha einen schönen Gruß, es ist aus und vorbei, er kann mich mal!«

»Ja, und was hat sie gesagt? Ich meine Sabine.«

»Sie hat gesagt, sie wird's ihm ausrichten.«

Die Bedienung brachte zwei volle Gläser und einen neuen Bierdeckel für Dietmar. Ich bedankte mich.

»Er soll mich nicht anrufen. Er soll nicht bei mir klingeln. Er soll mich in Ruhe lassen. Ist das klar? Seine Sachen habe ich bei Ellas Mann in die Garage gestellt. Sag ihm das!«

»Also, wenn es sich bis dahin noch nicht rumgesprochen hat, gerne.«

Wir tranken uns zu. Ich wußte gar nicht, daß ein Bier vor 18.00 Uhr so schmecken konnte.

»Ich bin ein geduldiger Mensch«, sagte Dietmar, als er sein Glas wieder absetzte, »aber was zu weit geht, geht zu weit.«

»Ich hätte nie gedacht, daß Ella für jemanden wie ihn überhaupt in Frage kommt«, sagte ich vorsichtig.

»Sascha ist bi. Die meisten Menschen sind bi. Sie wissen es nur nicht«, es wurde immer stiller um uns herum. »Und abgesehen davon«, fügte Dietmar hinzu, »ist er ein Schwein.«

Zwei ältere Damen am Nachbartisch wollten zahlen.

»Was mich mal interessieren würde«, aus irgendeinem Grund hielt ich es für meine Pflicht, ihn zu trösten, »eigentlich müßte es doch weniger kränkend sein, wenn man mit jemandem vom anderen Geschlecht betrogen wird.« Dünnes Eis, schon klar. »Ich meine, zumindest braucht man sich nicht nächtelang mit der Frage abzuquälen, was hat er – oder sie in dem Fall –, was ich nicht habe.«

Dietmar sah mich lange an. »Du hast noch nicht soviel Erfahrung auf dem Gebiet, oder?« Ich hielt es für klüger, nichts zu sagen. »Es geht doch nicht um den anderen. Es geht um den Menschen, den du liebst. Um das Vertrauen, das du ihm geschenkt hast. Und um den Verrat, den er ...«

»Logisch.«

»Es geht darum, was du für ihn getan hast und was er dir antut ...«

»Du hast völlig recht. War nur so ein Gedanke.« Ich mußte irgendwie versuchen, ihn zu stoppen.

»Es geht um den verdammten Anstand, den jemand im Leib hat!«

Geistesgegenwärtig erhob ich mein Glas (die Notbremse) und löste bei Dietmar denselben Reflex aus. Bier.

»Aber jetzt ist Schluß«, seine Stimme landete eine halbe Oktave tiefer. »Ich laufe ihm nicht mehr nach. Zum ersten Mal seit Monaten habe ich eine eigene Entscheidung getroffen, Ende der Geschichte! Ich bin wieder ein freier Mann. Das solltest du auch mal versuchen.«

»Ich?« Wie kam er denn darauf?

»Du brauchst mir nichts vorzumachen. Ich seh' doch, was los ist.«

»Ich weiß nicht, was du meinst.« Jetzt bloß keine Details!

»Sabine ist meine beste Freundin, mein Lieblingsmensch, wirklich, aber sie macht mit dir, was sie will.«

»Du, das ist schon in Ordnung.«

»Warst du überhaupt schon mal im ›Fundus‹? Weißt du, was da nach der Vorstellung abgeht?«

»Ich muß nicht alles wissen.«

Dietmar guckte ein wenig ungläubig. »Naja, wenigstens ist sie so fair, dir offen und ehrlich zu sagen, daß sie bei einer Tante auf dem Land lebt.« Er versuchte zu lächeln, was ziemlich mißlang.

»Sie wird ihre Gründe haben.« Ich probierte es erst gar nicht.

»Sie hat ihre Gründe, darauf kannst du Gift nehmen.« Dietmar hob den Kopf und schaute sich nach unserer Kellnerin um. »Noch eins?«

Vielleicht hätte ich Dietmar gestehen sollen, daß ich in letzter Zeit permanent von der Russenmafia träumte. Möglicherweise hätte er verstanden, welche Macht Iwan Rebrow mittlerweile über mein Leben hatte, warum ich letzte Nacht fließend Russisch konnte und wozu ich fähig war, als mir durch Zufall Rebrows Handy in die Hände fiel und damit die Befehlsgewalt über seine Privatarmee.

Mit ihm hätte ich über alles reden können.

»Wie du meinst«, hörte ich mich statt dessen sagen, »ich kann natürlich hingehen und mit meiner Frau Schluß machen. Ich habe kein Problem damit, wieder allein zu sein. Ich war neunzig Prozent meines Lebens alleine. Aber ist das wirklich die große Befreiung?« Mir war durchaus bewußt, daß ich laut wurde, aber wir waren inzwischen zwei Kneipen weiter bei Manni und hier wurde jeder mal laut. »Es ist doch immer alles nur halb. Man lernt sich oberflächlich kennen, bleibt eine Weile zusammen, solange es läuft, und wenn's etwas schwieriger wird, trennt man sich wieder. Der Nächste bitte! Sicher kann man so leben, keine Frage, tut ja nicht weh. Aber im Grunde fängt man nie etwas richtig an und bringt auch nichts wirklich zu Ende. Das ist doch alles ... halb ist das doch. Sogar unsere Trennungen sind halb, auf halber Strecke. Und das will ich nicht. Ich will keine halben Sachen. Wir sind – ich finde, wir sind noch lange nicht fertig, verstehst du?«

Ich hätte Dietmar auch zeigen können, wie man unliebsamen Nebenbuhlern mit einer original russischen Wasserpistole in ein Ohr hinein und aus dem anderen wieder herausschießt.

»Jedenfalls, ich bin wirklich kein Kämpfertyp, aber so schnell gebe ich nicht auf. Mag sein, daß wir uns nicht mehr zusammenraufen, Sabine und ich, aber ich will hinterher wenigstens sagen können: Ich habe alles versucht!«

Wobei Mike in meinen Träumen neuerdings nur noch eine untergeordnete Rolle spielte und ich mich hauptsächlich mit der stückweisen Entsorgung seiner Leiche beschäftigte.

»Du bist süß«, befand Dietmar wie nach reiflicher Überlegung, »ich muß schon sagen, man kann den Frauen in deinem Leben vieles vorwerfen, aber sie haben dich gut erzogen. Sebastian, du bist ein absoluter Einserkandidat!«

Manni brachte noch zwei Bier und hinterließ je einen Strich auf unseren Bierdeckeln.

»Ich bin nicht süß«, stellte ich klar und vertiefte mich in die vorbildlich gezapfte Blume.

»Schau mich an«, rief er aufbrausend und schlug mit der Faust auf den Tisch, daß die Gläser überschwappten, »ich weiß, wovon ich rede!«

Dietmar fixierte mich mit stierem Blick. »Ich habe gerade so eine Hörigkeitsphase hinter mir, und ich kann dich nur warnen. Du bist auf dem besten Weg, dich aufzugeben, Sebastian. Du hast das Heft nicht mehr in der Hand. Du bist nur noch ein Anhängsel deiner Frau.«

»Und, was ist so schlimm daran?« Mir war auf einmal merkwürdig russisch zumute. Selbst Dietmar nahm plötzlich postsowjetische Züge an.

»Das fragst du mich? Es geht hier doch nicht darum, was ich für richtig halte oder was Sabine in den Kram paßt. Du mußt wissen, was du willst. Das ist der Punkt. Sebastian, was willst du eigentlich?« rief er aus mit einer das gesamte Lokal umfassenden Gebärde.

»Also gut«, ich hielt es für das beste, nicht weiterzutrinken, »bringen wir's hinter uns.«

Viel schlechter würde es mir im ›Fundus‹ auch nicht ergehen. Selbst wenn meine Frau mich in etlichen Zugaben der Lächerlichkeit preisgegeben und sich in der Garderobe mit Mike reichlich Zeit gelassen hatte, mußte sie mittlerweile dort sein. Es sei denn, russische Milizen hatten aufgrund einer SMS von Rebrows Handy das Theater gestürmt, um mit Belegschaft und Publikum einen tschetschenischen Folkloreabend zu veranstalten.

Ich war auf das Schlimmste gefaßt, als wir im ›Fundus‹ eintrudelten. Ich konnte mich nur nicht entscheiden, was im Endeffekt das Schlimmste sein würde: Mike und meine Frau beim Schwof zu einem Oldie aus der Jukebox? Mike und meine Frau volltrunken am Boden? Mike und meine Frau abseits an einem Extratisch bei Kerzenlicht, einem Glas Wein und nachdenklichen Gesprächen über das Leben und ihre Vergangenheit? Wie, verdammt noch mal, sah das aus, was ›nach der Vorstellung dort abging‹?

Ich wollte es nicht wissen, ich mußte.

Je näher der Augenblick rückte, desto nüchterner fühlte ich mich. Ich war nicht einmal müde, sondern wach wie noch nie. Noch vor einer Woche wäre ich umgekehrt, doch jetzt gab es kein Zurück mehr.

Ich mußte es wissen, aber ich wollte nicht.

Dietmar hatte kaum einen Fuß in die Kneipe gesetzt, schon wurde er lautstark begrüßt. Die Vorstellung war seit Stunden vorbei. Doch sie saßen noch alle beisammen: Qualle, Enrico, das komplette Damen-Ensemble nebst einem tätowierten, hageren Typen, der Klaus sein mußte, und mittendrin natürlich meine Frau.

Nur Mike war nicht da.

Dietmar ließ sich von allen umarmen, gab Küßchen und klopfte auf Schultern. Ich hielt mich naturgemäß mehr im Hintergrund. Die Runde setzte sich wieder an den großen ovalen

Tisch und rückte ein Stückchen zusammen. Der Platz gleich neben meiner Frau war frei. Doch davor stand ein Glas und ein halbvoller Aschenbecher. Mike war nur kurz Zigaretten holen. Grußlos kam er zurück und setzte sich neben sie. Die neue Schachtel warf er auf den Tisch.

Als Dietmar sich umdrehte, um mich mit dem Damen-Ensemble bekannt zu machen, war ich schon über alle Berge. Ich stellte mir diesen Moment wieder und wieder vor: wie er sich mit überschwenglicher Geste an mich wandte, und ich war verschwunden. Vom Erdboden verschluckt. Es war mit Abstand die größte Genugtuung, die ich seit langem empfunden hatte. Näher würde ich dem Gefühl, vermißt zu werden, nicht kommen.

5 FRAU MAIBACH

Schon morgens beim Zähneputzen ging es mir besser, als ich gedacht hatte. Zum ersten Mal seit Tagen fand ich wieder den Elan, mich zu rasieren, auch wenn ich dabei in den Spiegel gucken mußte. (Es gab mich wirklich.) Ich zog sogar meinen neuesten Anzug an, der aus Mangel an besonderen Anlässen seit einem dreiviertel Jahr im Schrank hing. Er paßte noch. In einem amerikanischen Film hätte ich jetzt sämtliche Kleidungsstücke, die ich gestern auf dem Leib getragen hatte, ins Kaminfeuer geworfen und verbrannt. Statt dessen stopfte ich sie in die Waschmaschine. Ab sofort begann ein neues Leben.

Ich kam nicht pünktlich ins Büro, das wäre nach gestern nacht ein bißchen zuviel des Guten gewesen, doch meine Beklemmungen waren verschwunden. Die beiden Praktikantinnen lächelten und schauten mir lange nach, was an meinem Anzug oder dem würzigen Aftershave liegen mußte, das ich zur Feier des Tages ausprobiert hatte. Die Probleme auf meinem Schreibtisch waren überschaubar, meine Sekretärin jagte mir keine Angst ein. Ich funktionierte und fühlte mich gut dabei. Sogar die Kopfschmerzen, die mich normalerweise schon nach anderthalb Gläsern Premierensekt heimsuchten, blieben aus. Ich telefonierte und feilschte, als hätte ich seit Wochen nichts anderes getan. Doch vermutlich fiel es mir nur deshalb so leicht, weil ich wußte, daß es nicht für immer war. In ein paar Tagen würde ich weg sein.

Noch gestern Nacht hatte ich unseren Subvertreter in L.A. angerufen und mit ihm ausgemacht, daß ich für drei Monate als

»Associate« und Partner in eigener Sache zu ihm kommen würde. Ich wollte mich vor Ort in Hollywood ein bißchen umschauen. Offiziell lief das als Fortbildung und Investition in die fernere Zukunft. Inoffiziell würde es mich auf andere Gedanken bringen. Ich freute mich darauf, eine Menge mehr oder weniger wichtiger Leute kennenzulernen, die mir persönlich nichts bedeuteten und denen ich am Arsch vorbeiging. Auf diese Weise konnten sich nützliche transatlantische Kontakte ergeben. Mit anderen Worten, ich wußte endlich, was ich wollte: weg!

Die einzige Unbekannte in meiner Rechnung war Frau Maibach. Ich mußte sie dazu bringen, die Agentur für die Dauer meiner Abwesenheit noch einmal zu übernehmen. Sie war die einzige Person, der ich den Laden über längere Zeit anvertrauen konnte. (Was sie damit machte, war letzten Endes ihre Sache.) Und sie würde sich ganz bestimmt darüber freuen, auf ihre alten Tage noch einmal gebraucht zu werden.

Das war nicht das Problem.

Das Problem war, daß ich ihr die Wahrheit sagen mußte. Lügen hatte keinen Zweck. Ich mußte ihr erklären, daß sich ihr Traum- und Musterpaar getrennt hatte, vielleicht nicht endgültig, vielleicht aber doch. In jedem Fall waren ihre kupplerischen Fähigkeiten nicht gefragt. Es gab momentan nichts zu kitten. Ich mußte Frau Maibach das Herz brechen.

Natürlich hätte ich meiner Frau die Schuld an allem geben können. Grund zum Jammern gab es genug. Ich war der Hintergangene, der Gehörnte, der Narr, der von nichts wußte. Ich hätte mich stundenlang bei Frau Maibach darüber ausweinen können, was für ein Unrecht mir geschehen war, und vermutlich hätte sie mich bedauert. Doch mit jedem Wort wäre nur noch deutlicher geworden, daß sie sich vor allem in mir getäuscht hatte. Sabine war wie immer, lebhaft, lebenslustig, unbeschwert. Niemand, auch Frau Maibach nicht, hatte etwas anderes von ihr erwartet. Es lag an mir. Ich war nicht imstande gewesen, diese Frau zu halten, geschweige denn, glücklich zu machen. Sie war eine Nummer zu groß für mich. Ich hatte es im Grunde immer schon gewußt. Es war Frau Maibach gewesen, die an mich geglaubt hatte, seinerzeit, und ich hatte ihr vorübergehend mehr geglaubt als mir.

Ich telefonierte mich ein bißchen warm, dann rief ich Frau Maibach an. Ihre Nummer kannte ich nach wie vor auswendig. Am liebsten hätte ich die ganze Geschichte fernmündlich erledigt. Doch eine Beichte am Telefon würde sie nie akzeptieren. Ich mußte ihr wohl oder übel unter die Augen treten.

Ihre Stimme war noch immer dieselbe, unverwechselbar schrill und in sich etwas brüchig. Frau Maibach würde sich zeit ihres Lebens nie ändern. Ich empfand das als Trost.

Sie schien ein wenig überrascht, von mir zu hören. Doch ich tat hartnäckig so, als hätte ich mich längst mal wieder bei ihr melden wollen. Natürlich glaubte sie mir kein Wort. Frau Maibach zögerte kurz, als ich nach den üblichen Nettigkeiten mit der Tür ins Haus fiel und sagte, ich müsse sie heute noch wiedersehen. Aber dann fand sie doch eine Lücke um die Mittagszeit, und ich versprach, pünktlich zu sein. Auf einen Schlag war alles wie früher.

Mir war ziemlich seltsam zumute, als ich die Agentur verließ und ins Auto stieg. Ich hatte die vielleicht schwerste Mission meiner Laufbahn vor mir, doch das Gefühl war nicht Angst oder Nervosität, sondern eine Art Vorfreude. Ich hatte eine Entscheidung getroffen: Ich wollte mein altes Leben los sein, und dazu zählte auch die Agentur.

Nach ihrem Rückzug aus dem Tagesgeschäft hatte ich Frau Maibach nur selten besucht. Doch ich kannte den Weg noch im Schlaf. (Wie oft hatte ich sie nach Hause gefahren, wenn es im Büro mal wieder später geworden war oder wenn wir nach einer Filmpremiere gemeinsam die Flucht ergriffen hatten.) Jetzt war auch diese Strecke ein Stück Vergangenheit. Sie gehörte zu einem

Leben, mit dem ich abgeschlossen hatte, ein für allemal. Ella sah ich erst, als ich vom Gas ging und vor dem Haus nach einem Parkplatz Ausschau hielt. Sie warf das Tor zum Vorgarten hinter sich zu.

Ich bremste abrupt auf offener Straße. Doch Ella sah nicht her, sondern zog nur ihre Sonnenbrille ins Gesicht. Sie war es wirklich. Ich beobachtete sie im Rückspiegel bis zur Kreuzung, wo sie nach links abbog und verschwand. Dann saß ich eine Weile einfach da und starrte ins Leere. Ich kannte jetzt den Grund, warum Frau Maibach so wenig Zeit hatte. Sie war die ›Tante‹, und ich war zu ihr ›aufs Land gefahren‹, ohne es zu wissen. Zehn Minuten zu früh.

Das änderte alles.

Im Schrittempo umrundete ich mehrmals den Block, so als könnte ich mich nicht für einen Parkplatz entscheiden (es gab reichlich). Ich hatte keine Eile. Mein Kopf raste. Noch war ich nicht in der Lage zu überblicken, was jetzt aus meinen Plänen werden sollte. Ich wußte nur: Auch Frau Maibach hatte mich hintergangen. Sie hatte die ganze Zeit mit Ella und meiner Frau gemeinsame Sache gemacht.

Ich stellte den Wagen in einer Seitenstraße ab und ging den Rest des Wegs zu Fuß. Niemand sollte auf die Idee kommen, ich hätte Ella gesehen. Nichts sollte darauf hindeuten, daß ich meine Frau hier auch nur vermutete. Ich wollte Frau Maibach im guten Glauben an meine Ahnungslosigkeit lassen. Es war das erste Mal in der Geschichte meiner Eifersucht, daß ich mehr wußte, als ich wissen sollte. Jetzt würde ich mich zurücklehnen und in aller Ruhe zuschauen, wie sie mich belog.

Frau Maibach öffnete die Tür. Sie trug eines der unzähligen geblümten Kleider, die sie besaß und die für meinen Geschmack alle gleich aussahen. Ihr Gesicht war flächendeckend geschminkt. Sie benutzte nach wie vor denselben Lippenstift. Wir gaben uns förmlich die Hand, doch es lag eine spröde Herzlichkeit in ihrer Stimme wie immer in wahrhaft bewegenden Momenten. Die Wiedersehensfreude in ihren Augen wirkte so echt, daß mir fast die Tränen gekommen wären, hätte ich es nicht besser gewußt. Ihr kleiner Auftritt war perfekt. Sie verriet sich durch nichts.

Sie machte nicht einmal den Fehler, zu freundlich zu mir zu sein, sondern kommandierte mich so pragmatisch und kompromißlos herum wie bei jedem Besuch. Ich zog meine Schuhe im Vorflur aus und setzte mich auf den Platz, den sie mir zuwies (ein Biedermeiersofa mit unbequem hoher Sitzfläche, von wo aus ich frontal auf einen Starschnitt ihres verstorbenen Mannes sah). Dann bot sie mir ihren berühmten Mokka an und verschwand in der Küche. Ich fragte aus reiner Bosheit nach einem Schluck Tee, »natürlich nur, wenn es keine Umstände macht!« Es machte natürlich Umstände, aber einen Tee konnte sie mir nicht abschlagen.

Eine Weile saß ich allein und in Strümpfen mitten in ihrem Salon, mir gegenüber ihr pomadiger Gatte, dessen offenkundiger Mangel an Talent nur von der triefigen Eitelkeit übertroffen wurde, die Backfische zuweilen mit Charme verwechseln. Ich schlug die Beine übereinander, faltete die Hände und rührte mich nicht vom Fleck. Es gab keinen Grund, heimlich in den Nebenzimmern herumzustöbern. Die beiden Vöglein waren zweifelsohne ausgeflogen. Und weitere Beweise brauchte ich nicht. Ich brauchte nur hier zu sitzen und zu warten. Meine Zeit würde kommen.

Sie kam.

Frau Maibach brachte eine ganze Kanne Tee und schenkte mir ein. Dann setzte sie sich so, daß sie das Porträt ihres Mannes im Rücken hatte. Ich lächelte mehr ihn an als sie.

»Was ich Ihnen sagen wollte«, holte ich aus wie zu einer weitschweifigen Erklärung, »ich werde die Stadt verlassen. Heute noch.«

Sie verrührte drei Süßstofftabletten in ihrem Mokka. Ihr Löffel stoppte nur kurz. Ich hatte nicht das geringste Mitleid mit ihr.

»Es gibt eine Reihe beruflicher Motive, und deswegen bin ich hier. Ich möchte Sie bitten, die Agentur wieder zu übernehmen. Doch der eigentliche Grund ist privater Natur: Wir trennen uns.«

Frau Maibach sah mich an. Alles, was ich sagte, würde früher oder später meiner Frau zu Ohren kommen. Ich wollte, daß kein Wort verlorenging. »Es ist vorbei.«

Für einen Moment herrschte Schweigen.

»Haben Sie mit ihr schon darüber gesprochen?«

»Offen gesagt, weiß ich nicht mal, wo sie ist.« Ich schaute ihr direkt in die Augen. »Sie hat mich verlassen.«

Frau Maibach blinzelte zuerst. »Sind Sie sicher?«

»Sie können gerne bei mir zu Hause nachsehen, ich kann sie nicht finden.« Endlich konnte ich aussprechen, was ich früher nie zu sagen gewagt hätte. Ich war am Zug, ließ mir aber Zeit und lächelte eine qualvolle Weile, bevor ich hinzufügte: »Sie liebt einen anderen.«

Frau Maibach schob ihre Tasse weg. So sprachlos hatte ich sie noch nie erlebt.

»Also, was ist?« Nicht, daß es mir Spaß machte, grausam zu sein, aber es war eine Erfahrung. »Kümmern Sie sich um die Agentur?«

Mein Tee hatte inzwischen die richtige Temperatur. Es war ein Darjeeling.

»Das kommt natürlich alles sehr überraschend«, mußte Frau Maibach gestehen. Auch sie wählte ihre Worte mit Bedacht. Doch im Gegensatz zu mir mußte sie offenbar lange suchen. »Finden Sie nicht, daß Sie die Dinge überstürzen?«

Ich fand, es konnte gar nicht schnell genug gehen, sagte aber nichts.

»Nach meiner Erfahrung sollten Sie sich erst einmal mit ihr aussprechen, bevor Sie sich zu einem solchen Schritt entschließen ...«

Als sie anfing, sich mit Mike zu treffen, hatte sie mich auch nicht vorher um Erlaubnis gefragt.

»Möglicherweise lassen sich auf diesem Weg gewisse Mißverständnisse ausräumen.« – Mißverständnisse wie die trauten Zwiegespräche im Taxi und ihre langen gemeinsamen Kneipennächte?

»Entschuldigung, aber«, ich schaute demonstrativ auf die Uhr und dann an ihrem Ohrläppchen vorbei zu ihrem Gatten, »springen Sie jetzt für mich in die Bresche, ja oder nein? Sonst müßte ich mich anderweitig nach einer Vertretung umsehen.«

Frau Maibach war wirklich ratlos, ich hatte es geschafft.

»Noch Tee?«

»Gerne.«

Nur eine Tasse, um diesen Moment auszukosten. Dietmar hatte völlig recht. Es tat gut, eine Entscheidung getroffen zu haben. Es war richtig, einen radikalen Schnitt zu machen. Meine Frau war nicht die einzige Möglichkeit. Sollte sie es mit ihrem Musiker aus alten Zeiten noch einmal versuchen. Für mich begann das Leben neu!

»Tja, also«, Frau Maibach tat sich sichtlich schwer, »es ist natürlich ganz allein Ihre Sache, aber ich kenne Sie inzwischen beide sehr gut, und ...«

Wenn es meine Sache gewesen wäre, wären wir nie ein Paar geworden.

»Ich würde es mir nie verzeihen, wenn ich jetzt nicht ...«

Meine Nase in anderer Leute Angelegenheiten stecken würde?

»Ach, was soll ich sagen!«

»Sie müssen ja nicht.« Pardon, den konnte ich mir nicht verkneifen.

Doch Frau Maibach war es ernst: »Diese Show hat ihr Leben verändert. Seien wir ehrlich, sie war eine unbedeutende Schauspielerin, all die Jahre, und jetzt auf einmal ist sie ein Star. Und das nicht mit irgendeinem Zufallstreffer, sondern mit ihrem Programm, mit ihrem ureigenen Werk!«

Und mit mir als Hanswurst.

»Es ist nicht leicht, sich vorzustellen, was da alles auf einen einstürzt: die neuen Kollegen, die Angebote von allen Seiten, der Erfolg Abend für Abend – sie hat wirklich einen Nerv getroffen, wissen Sie!«

»Ich weiß.« Meinen auch.

»Aber damit haben wir doch alle nicht gerechnet! Diese Begeisterung, dieses Echo kam völlig überraschend. Es war verwirrend für Sie, für mich, für die meisten von uns, aber um wieviel verwirrender für sie selbst!«

Frau Maibach würde es noch schaffen, mir ein schlechtes Gewissen einzureden.

»Ich maße mir nicht an, beschreiben zu können, was eine Künstlerin in einem solchen Augenblick empfindet, Dankbarkeit, Genugtuung ...« – Ich hörte weg.

Warum erzählte sie mir nicht, wie häufig Mike sich hier mit meiner Frau getroffen hatte, um das Spießerglück in seinem Reihenhaus nicht zu gefährden? Warum rechnete sie mir nicht vor, wie oft sie die Laken wechseln mußte, weil er zu geizig war für ein Stundenhotel? Und wo war sie eigentlich, wenn ›Herrenbesuch‹ kam? Hatte sie immer ein Ohr an der Wand? Ging sie solange spazieren oder ins Kino? Oder zog sie jedesmal zu einer Freundin, wenn Mike bei meiner Frau anklopfte und Ella mit Sascha nebenan die Bettfedern krachen ließ? Warum beantwortete sie nicht meine Fragen?

– »...und so gesehen, ist es völlig normal, daß Sabine unter diesen Umständen ein paar kleine, sagen wir, Orientierungsschwierigkeiten hat.«

Ich stand auf. »Grüßen Sie sie schön von mir.«

Frau Maibach sah mich fragend an, verunsichert. Ich durchbohrte sie mit meinem Blick. »Wenn Sie sie sehen.«

Deutlicher brauchte ich nicht zu werden.

Sie wußte jetzt, daß ich es wußte.

Um Fassung bemüht, erhob auch sie sich. »Es ist nicht so, wie Sie denken«, flüsterte sie atemlos, »die Arbeit stand für sie immer im Vordergrund. Nur deshalb ist sie hergekommen. Sie wollte hier in Ruhe an einer Fortsetzung arbeiten. Glauben Sie mir.«

»Danke für den Tee.« Ich mußte mir das nicht länger anhören.

Doch Frau Maibach folgte mir in den Flur. »Natürlich lag ihr viel an der Zusammenarbeit und dabei kommt man sich zwangsläufig näher, das hat sie nie geleugnet. Es gibt nun mal keine künstlerischen Prozesse ohne eine gewisse Chemie. Aber es war auch nicht mehr als das ...«

Das klang überhaupt nicht nach Mike.

»Es war«, sie rang hörbar um Worte, »eine reine Arbeitsbeziehung!«

»Ja, aber ...« Die Schuhe konnte ich mir auch noch im Auto zubinden.

»Ja! Es geht vor allem um Vertrauen und Respekt, wenn man auf Proben so viel von sich preisgibt, so viel von seiner eigenen Persönlichkeit. Es geht nicht um das Körperliche, sondern darum, daß man sich gegenseitig inspiriert!«

Aber wenn es nicht Mike war, wer dann?

»Was auch immer zwischen ihm und ihr gewesen sein mag, vergessen Sie nie, er war für sie nur eine Muse, eine männliche Muse, nicht mehr.«

Enrico!

Du bist tot.

Es war kurz vor halb drei. Wenn ich Glück hatte, ging die Vormittagsprobe für ihre »Fortsetzung« gerade zu Ende. Ich überfuhr zwei Kreuzungen bei Dunkelorange und parkte vor dem Theater in zweiter Reihe. Ich konnte mir noch so oft sagen, daß es keinen Unterschied machte, mit wem sie mich betrog, ob nun mit

Mike oder Enrico – für mich waren es Welten! Mit Mike hatte ich nie mehr als zwei Worte gewechselt. Daß wir uns nicht mochten, lag auf der Hand. Wir waren Rivalen und wußten es. Jedenfalls hatte Mike nie so getan, als würde er sich für den »Mann von Sabina« interessieren. Er hatte mich nicht mit seinem Spezial-Espresso verwöhnt und mir kluge Ratschläge erteilt, von wegen »Deutscher Mann is' nicht stark genug!« Eine Affäre mit Mike ging nur meine Frau und mich etwas an. Das hier war eine Sache zwischen Enrico und mir.

Es wurde Zeit, daß er den »deutschen Mann« von einer anderen Seite kennenlernte.

Ich rüttelte an sämtlichen Türen des Hauptportals, doch sie waren verschlossen. Dann lief ich auf der Suche nach einem Pförtner um das ehemalige Kinogebäude herum – vergebens. Nicht einmal einen richtigen Künstlereingang gab es in diesem Laden! Ich fand nur eine schäbige Brettertür, an der ich meine Wut ausließ, ohne daß jemand öffnete. Erst, als ich versuchte, sie einzutreten, streckte Ursula ihren Kopf aus einem Fenster auf Höhe der Feuerleiter. In ihrem Gesicht stand das pure Entsetzen.

»Aber ich hatte Ihnen doch zwei Karten zurückgelegt«, stammelte sie.

»Lassen Sie mich rein!« Ihre Angst tat mir irgendwie gut.

»Ja, aber das geht nicht, es ist sicher noch Probe.«

»Ich muß zu meiner Frau!« rief ich und warf mich mit Anlauf gegen die Holztür, die sehr viel solider war, als sie aussah.

»Nein, bitte! Warten Sie!« Ihre Stimme klang übertrieben schrill. Als ich beim nächsten Anlauf zum Fenster hochschaute, war Ursula schon verschwunden. Diesmal schien sie mich wesentlich ernster zu nehmen als bei unserer letzten Begegnung. Es dauerte eine halbe Minute und ein paar mittelschwere Fußtritte, bis sie unten an der Tür war und aufschloß. Mit Gewalt ging offenbar alles. Das war eine ganz neue Erfahrung.

»Aber leise«, flehte sie.

Ich stürzte an ihr vorbei durch katakombenartige Gänge mit etlichen Heizungsrohren und Kabeln an der Decke. Es war ein regelrechtes Labyrinth. Aus irgendeinem Grund fing ich an zu laufen. Ursula hatte ich schon nach den ersten Metern abgehängt.

Auf Umwegen kam ich zu einer Treppe. Ich rannte jetzt in die entgegengesetzte Richtung der Wegweiser auf den Notausgangschildern. Es war ganz einfach. Ich zweifelte nicht eine Sekunde daran, daß ich Enrico finden würde. Meine Instinkte funktionierten. Ich konnte spüren, wo er war.

Ich erreichte die Bühnenebene, lief an der Brandmauer entlang und stieß gegen einen Requisitentisch, auf dem mehrere Körbe mit seltsam obszönen Früchten standen, die zu Boden kullerten, alles Plastik. Auf einmal tauchte Klaus vor mir auf und stellte sich mir in den Weg.

»Tag.«

An der Tür, die er versperrte, stand »Bitte leise schließen!«. Sie führte vermutlich direkt auf die Bühne.

»Ist er da?«

»Mach hier nicht so'n Wind.« Klaus hatte keine Pfeife im Mund, hörte sich aber so an.

Ich ging einen Schritt auf die Tür zu. Doch er blieb mit verschränkten Armen vor mir stehen und wich keinen Zentimeter zurück.

»Ich muß zu Enrico«, sagte ich.

»Probe ist noch nicht zu Ende.« Die Kinnbackenmuskeln in seinem hageren, fleischlosen Gesicht mahlten gemächlich. Von der Bühne her kam Gelächter. Frauenstimmen.

»Jetzt ist genug gelacht«, ich meinte, was ich sagte. Ich ließ mich nicht länger zum Narren halten.

»Du, das kann gefährlich werden.« Klaus sah in aller Seelenruhe an sich herunter. Ich hatte ihn am Kragen gepackt und gegen die Wand gedrückt. Er wehrte sich nicht, noch nicht. Wahrscheinlich wollte er mir nur eine Chance geben, wieder zur Vernunft zu kommen, bevor er mir sämtliche Knochen brach. Aber auf diese Chance konnte ich verzichten. Ich wollte eifersüchtig sein, rasend eifersüchtig, selbst wenn er mich dafür zum Krüppel schlug.

»Also, seit wann?« Endlich stellte ich die Fragen! »Wie lange betrügt sie mich schon? Sag mir die Wahrheit! Hat sie euch ein bißchen was geboten? Oder habt ihr nur dumm rumgestanden und solange auf die Uhr geschaut?« Die Antworten waren nicht so wichtig, aber die Fragen mußten raus. »Jetzt tu nicht so, als wüßtest du von nichts! Ihr wußtet alle Bescheid, von Anfang an!«

Klaus verdrehte die Augen, aber ich ließ nicht locker. »Habt ihr euch gut amüsiert, ja? Eure Witze gerissen? Freut ihr euch schon auf die Fortsetzung? Wie soll sie denn heißen, ›der Idiot zweiter Teil‹?«

»Hör mal«, sagte er, »ich will dir nicht weh tun, aber du störst.«

»Oh, Verzeihung! Nehme ich nicht genug Rücksicht? Fehlt mir das Fingerspitzengefühl für die sensible Künstlerseele? Für die Inspiration, die sie sucht, wenn sie mit ihm ins Bett geht!«

Ein Griff in den Nacken genügte, und Klaus hatte mich auf den Knien.

»Tut mir leid«, er hielt mich mit nur einer Hand in Schach, »aber du mußt wirklich leiser sprechen.«

In diesem Moment flog die Tür auf, und das Damenensemble kam mit überdimensionalen Playboy-Hasenöhrchen von der Bühne. Die meisten mußten sich bücken, um nicht gegen den Türrahmen zu stoßen. Klaus zog mich zu sich hoch und zischte zwischen den Zähnen, »benimm dich!«

Er hielt meine Hand in seinem Eisengriff, während wir uns an die Wand quetschten, um die Damen vorbeizulassen.

»Du brichst mir die Finger«, keuchte ich.

Klaus lächelte ungerührt. »Du hast es erfaßt.«

Ein Häschen vermißte eines seiner Knickohren und kehrte wieder um.

»Morgen, halbe elf«, hörte ich Enricos Stimme, »schreib dich hinter die Löffeln.«

»Ganz ruhig«, sagte Klaus und zwinkerte der Schauspielerin zu, die an uns vorbeitrippelte.

Dann trat Enrico auf den Gang.

»He, Mann von Sabina! Was Überraschung!«

Er machte genau da weiter, wo er aufgehört hatte. Nicht eine Spur von schlechtem Gewissen. Mit blankgezogenem Oberkiefer kam er auf uns zu. Mein kleiner Finger knackte.

»Was ist?« schaute Enrico besorgt. »O nee, Klaus, laß los! Ist Freund von mir. Er faßt nichts an. Ich verspreche.« Enrico legte mir eine Hand auf die Schulter. »Is' klar? Bei Klaus nie anfassen, keine Lampen, keine Frauen, sonst geht er auf Palme!«

Klaus holte mit seiner freien Hand zu einem Klaps aus, dem Enrico gekonnt auswich. Offenbar hielt er das ganze immer noch für einen Scherz.

»Komm«, grinste er, »ich zeig dir Heiligtum!« Ich folgte ihm notgedrungen. Klaus ging mit.

»O nee, ne!« stöhnte Enrico.

»Leise«, sagte Klaus.

Im nüchternen Arbeitslicht wirkte die Bühne ziemlich klein und heruntergekommen. Die Luft war stickig. Es roch nach Schweiß und verbranntem Staub. Kaum zu glauben, daß hier Abend für Abend Triumphe gefeiert wurden.

Enrico stellte sich ungeniert in die Bühnenmitte, während Klaus sich am äußersten Rand hielt und mich ebenfalls. Meine Hand war inzwischen fast taub.

»Da oben is' Reich von Klaus.« Enrico zeigte auf die zusammengestoppelten Pötte und Scheinwerfer in einem wild wuchernden Kabelwirrwarr. »Lebensgefahr!« fügte er grinsend hinzu. Dann drehte er sich einmal um die eigene Achse. »Und hier, wie du siehst, is' überall nix, keine Seitenbühne, keine Hintenbühne, keine Untenbühne, keine Bühnenturm, keine Publikum.«

Es machte ihm sichtlich Spaß, mich für dumm zu verkaufen.

»Hör ma', Brett«, rief er und trat mehrmals auf ein und dieselbe Stelle im Bühnenboden, wo das Holz knarrte. »Nervt, ne?«

Mit einem Ruck riß ich mich los. Meine Hand war nicht zu kaputt, um eine Faust zu ballen. Ich wollte gerade auf die Bühne stürzen und mich auf ihn werfen, als Qualles Stimme aus dem Dunkel des Zuschauerraums ertönte.

»Zeigt ihr uns noch mal die 43?«

Enrico drehte sich zu uns um und sah mich kommen. »Ich mach!« Er rannte los in Richtung Beleuchterloge und Klaus hinterher. Stühle klapperten. Ein, zwei Türen flogen. Man hörte Enrico feixen, irgendwo im Rang. Dann blendeten mehrere Scheinwerfer gleichzeitig auf und tauchten die Bühne in ein changierendes rot-blaues Licht. Mir blieb nichts anderes übrig, als im Schutz des Portalrahmens zu verharren.

»Siehst du«, hörte ich Qualle, »der eigentliche Lichtakzent liegt weiter links. Wenn du aus der Gasse kommst, geh über die Mitte hinaus und dann in einem Bogen nach vorne.«

Meine Frau betrat die Bühne über eine an die Rampe angelegte Treppe. Sie trug ein tief dekolletiertes Abendkleid mit Schleppe, sicherlich nur ein Probenkostüm, doch sie sah umwerfend aus. Für einen Augenblick verschwand sie im Off. Dann schritt sie den besagten Auftritt einmal ab und markierte den Beginn ihrer Nummer. Es war beileibe nicht das erste Mal, daß ich sie spielen sah, aber etwas war anders. Jede Bewegung, jede Haltung, jeder Blick hatte das, was auf der Bühne am seltensten ist: vollkommene Selbstverständlichkeit. Die Glasscheibe war weg, die Verkrampfung, an die ich mich schon fast gewöhnt hatte. Sie wirkte vollkommen gelöst.

»Okay, wunderbar, danke!« rief Qualle. Ich hatte ihn unterschätzt. Was auch immer seine Methoden gewesen sein mochten, so weit war noch niemand mit ihr gekommen. Er hatte nicht übertrieben. Sie war nicht nur genauso gut wie auf sämtlichen Parties, sie war besser. Größer. Natürlicher! Sie hatte die Kantine besiegt.

Ich habe meine Frau immer geliebt, jetzt bewunderte ich sie.

Es waren nur wenige Sekunden, aber ich würde nie vergessen, wie sie dastand im warmkalten Farbenspiel der Scheinwerfer, überlebensgroß und einfach zugleich. Was ich sah, war nicht nur irgendeine Probe, ich sah ein Stück von ihrem Traum. Dann wechselte die Lichtstimmung zurück auf Arbeitslicht. Qualle stapfte die Treppe herauf, stellte sich zu meiner Frau auf die Bühne und nahm ihre Hand.

Also Qualle?

Er war wahrlich kein schöner Mann. Der Streß als Produzent und Regisseur ihrer Show hatte ihn nicht gerade schlanker gemacht. Seine Hose hing trotz Gürtel auf Halbmast. Aufgrund von Schweißflecken war sein Hemd nicht mehr ganz blickdicht. Er hatte noch immer die fleischigsten Ohrläppchen, die mir je unter die Augen gekommen waren.

Sah so eine männliche Muse aus?

Die beiden waren ein unmögliches Paar, sie eine Säule, er ein in die Breite verlaufender Klecks. So unmöglich waren meine Frau und ich nie. Aber sie hatten sich gefunden.

Was immer es war, das sie verband, es konnte nichts Körperliches sein.

Wenn meine Frau sich innerhalb der ersten zehn Sekunden entschieden hatte, mit diesem Mann zu schlafen, dann war ihr vermutlich nicht mehr zu helfen.

Qualle erklärte noch ein Detail, das sich mir nicht erschloß. Sie hörte ihm zu, den Kopf leicht gesenkt, und nickte unmerklich. Sie dachte, was er sagte. Es war ihre gemeinsame Welt. Seine Hand schob sich in ihren Nacken. Mit einer immer wiederkehrenden Bewegung strich er ihr durchs Haar. Es war nur ein Gespräch, sagte ich mir, doch ich verstand auf einmal, warum sie sich nicht von ihm trennen konnte, warum sie ihn anrufen mußte trotz Urlaub, mehrmals am Tag. Obwohl ich lieber blind gewesen wäre vor Eifersucht, sah ich, was Frau Maibach gemeint hatte. Ich spürte die Nähe und Vertrautheit zwischen ihnen, und ich wußte, daß es mehr war als die übliche Intimität zweier Menschen, die sich und ihre Körper kannten. Es war eben jene Verbindung, die meine Frau auf der Bühne so besonders gemacht hatte und sie aus ihrem eigenen Schatten hervortreten ließ.

Er war mehr als nur eine »männliche Muse«. Er war der wichtigste Mensch in ihrem Leben.

»Na, hab' ich nicht gesagt«, Enrico stand plötzlich neben mir. Er folgte meinem Blick und sah mit an, wie die beiden in Gelächter ausbrachen. Qualle drückte sie an sich, sie legte einen Arm um ihn. »Also, was is' jetzt mit Grenze, he? Geht deutsche Frau nu' zu weit oder was?«

Ich war ihm nicht böse, er mußte so denken, ich konnte im Augenblick niemandem böse sein. Doch aus unerfindlichen Gründen zog ich mein rechtes Knie an und traf Enrico mitten in seine Männlichkeit. Dann verließ ich das Theater auf Umwegen durch verschlungene, mehr schlecht als recht geweißte Gänge.

Ich ließ den Wagen stehen und ging zu Fuß durch die Stadt. Ich hatte es nicht eilig. Es war ein merkwürdiges Gefühl, auf einmal nicht mehr an meine Frau denken zu müssen. Mir wurde jetzt erst klar, wie sehr sie mich beschäftigt hatte, tagaus, tagein, die letzten Jahre. Ich hatte an nichts anderes gedacht als sie. Die Zeit war vorbei.

Hier und da sah ich Gesichter und Menschen, mit denen ich hätte tauschen mögen. Es war nicht so, daß ich unbedingt jemand anders sein wollte. Ich hatte nur das Gefühl, am Ende meiner Geschichte zu stehen. Mein Leben bis zu diesem Zeitpunkt war gelöscht.

Ich überlegte nicht, ob ich in die Agentur zurückgehen oder meinen Job an den Nagel hängen sollte. Ich dachte nur kurz an die USA und unseren Subvertreter in L.A., verwarf aber sämtliche Pläne. Ich wußte keine Fortsetzung für mich. Meine Frau war nie die einzige Möglichkeit gewesen, das stimmte. Doch im Moment war ich von allen Möglichkeiten gleich weit entfernt.

Irgendwo an einer Kreuzung fing ich ein Lächeln. Eine junge Frau mit Fransenhaarschnitt und einer unmöglichen Brille strahlte mich an. Sie hatte ein liebes Gesicht. Für einen Moment glaubte ich, daß vielleicht nur ich es sehen könnte, der Agent mit dem untrüglichen Gespür für das Verborgene. Doch das ging vorüber. Alles, was ich sah und sehen würde, hatten andere längst entdeckt. Sogar der Gedanke kam mir bekannt vor.

Ich hatte ein Déjà-vu von Ella und Sascha bei einem knutschenden Pärchen am Geldautomaten. Ich sah Mike am Schalter einer Bank und auf der anderen Straßenseite beim Schaufensterbummel mit der ganzen Familie. Aber ich suchte sie nicht. Ich suchte nicht weiter.

Es war dunkel, als ich nach Hause kam. Der Mantel meiner Frau hing in der Garderobe. Ihre Schuhe standen im Flur neben den Koffern, die ich vor langer Zeit einmal für sie gepackt hatte. Ich ging zum Kühlschrank und starrte in das weiße, käsige Licht, konnte mich aber für nichts entscheiden. Dann erst ging ich ins Wohnzimmer und setzte mich zu ihr auf die Couch.

Ihr Geruch würde mir fehlen.

»Du warst bei Frau Maibach«, sagte sie, es war weder eine Feststellung noch eine Frage.

»Ja.«

»Und, was hat sie gesagt?«

Ein Achselzucken, mehr ging nicht. Ich war viel zu müde auf einmal.

»Hat sie das Wort ›platonisch‹ gebraucht?«

»Du meinst, in bezug auf uns?«

Sie lächelte, was ein bißchen wehtat, aber gut. Ich schaute wieder geradeaus. »Mach dir keine Sorgen um mich, ich komm schon zurecht.«

»Sebastian ...«

Ich wartete, aber sie redete nicht weiter.

»Du kannst die Wohnung haben, wenn du willst«, sagte ich nach einer Zeit, »du warst hier immer mehr zu Hause als ich.«

»Ich möchte sie nicht ohne dich.« Sie war so leise, ich verstand sie kaum. Aber näher konnte ich nicht.

»Ich habe dich heute auf der Probe gesehen, Sabine. – Ich habe dich noch nie so gesehen.« Meine Stimme war fester als ich. »Ihr verdankt einander wirklich viel.«

»Soll das ein Kompliment sein?«

War das ein Lächeln?

»Glückwunsch.« Ich stand auf, ein Reflex. »Bleib so.«

»Ich habe nie aufgehört, mit dir zusammenzusein.« Sie lächelte nicht, sie holte Luft. »Aber ich verstehe natürlich, daß du eifersüchtig bist.«

»Schon gut.« Ich wünschte, ich wäre es noch. Von allen meinen Gefühlen hatte Eifersucht noch am ehesten funktioniert. Doch auch das war vorbei. Ich hob die Hand zum Gruß.

»Warte«, sagte sie, »es war wirklich nur platonisch.«

Wir beide wußten, daß sie log. Doch sie tat mir den Gefallen.

»Und, hast du mit Platon geschlafen?« Ich war noch immer nicht eifersüchtig, aber vielleicht kam es auf einen zweiten Versuch an?

»Willst du das wirklich wissen?«

Unsere Blicke begegneten sich.

»Nein.«

PIPER BOULEVARD

Freche Frauen bei Piper Boulevard

Liebe Leserin – und lieber Leser,

herzlichen Glückwunsch – Sie haben einen Roman der Reihe Piper Boulevard gekauft. Wir hoffen, Sie hatten viel Spaß bei der Lektüre! Wenn Sie mehr davon lesen möchten, sind Sie bei Piper Boulevard genau richtig. Eine neue Generation von Autorinnen und Autoren erzählt frech und witzig, wie es sich anfühlt, um die Dreißig zu sein: Geschichten voller Wünsche und Erwartungen und der festen Absicht, endlich im richtigen Leben anzukommen. Ob Heiratsanträge in den unmöglichsten Situationen, probate Mittel gegen Herzbeschwerden aller Art oder die geballte Ladung unverhofften Glücks – die Bücher bei Piper Boulevard versprechen Lesevergnügen pur.

Gehen Sie mit einem guten Buch ins Bett.
Oder mit jemandem, der gerade eines gelesen hat.

01/0003/01/L

Gil McNeil

Männer und andere Exoten

Roman. Aus dem Englischen von Sabine Maier-Längsfeld. 368 Seiten. Serie Piper

Ein Garten voller Männer – das fände die junge Landschaftsarchitektin Alice am schönsten. Doch momentan lebt sie allein mit ihrem kleinen Sohn Alfie auf dem Land vor London, und ihre beste Freundin Molly und ihre Gartenarbeit lenken sie von trüben Gedanken ab. Es wurmt sie zwar immer noch, daß Alfies Vater Patric sie wegen seiner knackigen Sekretärin sitzen gelassen hat, doch ihr neuer attraktiver Nachbar Charles weckt in ihr die Hoffnung auf ein erfülltes Liebesleben …

Ein charmanter Roman über das chaotische und erfrischende Leben mit und ohne Männer.

05/1998/01/L

Jens Schäfer

Echte Männer

Ein Leben im verborgenen. 256 Seiten. Serie Piper

»Ich meine, ich mag Frauen und eine so sehr, daß ich sogar mein Leben mit ihr teile und manchmal ›Ich liebe dich‹ zu ihr sage. Aber seit Jahren tue ich alles dafür, um den Frauen gerecht zu werden. Besser gesagt, ihren Ansprüchen an mich. Und werde dabei das Gefühl nicht los, daß sich da eine Schieflage eingestellt hat, die uns allen nicht gut tut. Und die korrigiert werden sollte. Und zwar schleunigst …« Mit Witz und Ironie ergründet Jens Schäfer das verborgene Leben echter Männer unserer Tage.

»Dieses amüsante Buch gibt tiefe Einblicke in die Welt der unfreiwilligen Softies.«
Young woman's magazine

05/1964/01/R